BORN TO RISE

美国总统亲赴她的学校后
呼吁全美学校都应以之为楷模

A STORY OF CHILDREN AND TEACHERS
REACHING THEIR HIGHEST POTENTIAL

奇迹学校

震撼美国教育界的教学传奇

[美]
黛博拉·肯尼
Deborah Kenny

中国青年出版社
CHINA YOUTH PRESS

中青文传媒

图书在版编目（CIP）数据

奇迹学校：震撼美国教育界的教学传奇 /（美）肯尼著；黄程雅淑译.
—北京：中国青年出版社，2014.9
书名原文：Born to rise: a story of children and teachers reaching their highest potential
ISBN 978-7-5153-2704-4

Ⅰ.①奇… Ⅱ.①肯…②黄… Ⅲ.①报告文学 – 美国 – 现代 Ⅳ.①I712.55

中国版本图书馆CIP数据核字（2014）第212484号

BORN TO RISE, Copyright © 2012 by Zulia LLC.
Published by arrangement with HarperCollins Publishers.
Simplified Chinese translation copyright © 2015 by China Youth Press
All rights reserved.

奇迹学校：震撼美国教育界的教学传奇

作　　者：〔美〕黛博拉·肯尼
译　　者：黄程雅淑
责任编辑：肖妩嫔
美术编辑：张燕楠
出　　版：中国青年出版社
发　　行：北京中青文文化传媒有限公司
电　　话：010–65511270/65516873
公司网址：www.cyb.com.cn
购书网址：zqwts.tmall.com　www.diyijie.com
印　　刷：三河市文通印刷包装有限公司
版　　次：2015年1月第1版
印　　次：2018年4月第3次印刷
开　　本：787×1092　1/16
字　　数：185千字
印　　张：17.5
京权图字：01-2013-9240
书　　号：ISBN 978-7-5153-2704-4
定　　价：36.00元

致我的孩子们

三年前，一个好朋友跟我说，大家总会问一个问题：你为什么创办哈莱姆乡村学校？是时候回答一下这个问题了。

　　回答这个问题的时候，我并没有打算开始写回忆录，但为了阐述清楚这十年来的办学之路，我发现还是有必要交代一下我个人生活的一些方面。

　　书里分享的故事并不是全部，我保留了一些内容，包括一些没有写进书里的人物和生活经历。为了更清晰地表达我这些年的所思所想，书里的一些对话与事件也经过了精简。为了保护学生、家长、老师、校长、同事和其他人的个人隐私，书中出现的人物名字均不是真名，人物特征也经过了修改。

目 录
Contents

教育的最高形式应该是向学生传达信息，而不是把思想强加给学生。一个真正意义上的老师应该只是给学生构建一个知识体系，让学生在体系内有自己的创新。

如果我关心社会公平，就应该把自己的悲伤放到一边，去做些自己力所能及的事情，以帮助像克里斯托夫一样的孩子。

老师们是优秀的脑力劳动者，而脑力劳动者只需要管理者给他们一个明确的目标和自主权，就会产生生产力，可是现在却被当成体力劳动者一样对待。我们应当停止对老师工作的限制，把他们提升到正确的位置——作为脑力劳动者来对待。

不管你能做什么，或者想做什么，就动手去做吧！勇敢的心会让你得到才能、力量和魔力。

在我们学校,学生们努力学习、热爱学习,这种状态就好像一名真正的运动员完全沉浸于比赛中、一位认真的音乐家彻底陶醉在音乐中。在这里,学生们渴望读到深刻的书、完成复杂的数学等式,他们每天都在挑战自己的极限。

孩子们非常需要,也应该得到优质的教育,而我们希望能为他们提供优质的教育。

优秀学校的唯一共同要素就是:教职工都是有才能且工作积极的人。优秀学校的每一个卓越教师都是无法复制的。

对我来说,教学不是一份工作,而是一个神圣的任务,我想聘用有同样看法的人。我希望我的老师都关爱孩子、重视教学质量、享受教学过程而不是早早地想着下课,我不需要机械地完成工作或只是想来短期工作的老师。

我深深吸了一口气,拿起笔记本,走到角落里的一间空教室,坐在后排的椅子上,开始在纸上写自己美好的愿望——希望孩子们拥有完美的教育。

不论遇到什么情况，从对学生的希冀、语气、语言，到整个教育方法，我都像对待自己的孩子一样对待每个学生。我发现自己十分欠缺心理学及教育学方面的知识，但我用自己对学生真诚的爱和尊重努力做到了最好。

我代表站在孩子们周围的这群大人，对这些学生说："在你们环顾我们的时候，我希望你们能记住这一天。八年后，当你们都进入大学，你们会回想起这一天，它是你们人生重要旅程开始的一天。我们之所以会聚在这里，是因为爱你们、支持你们。"

我告诉老师们，如果我们的学生能真心爱上阅读，自然就会每天至少阅读一个小时，那么，一年就能读 50 本书。但这么做不是为了学生读 50 本书，而是要让学生爱上阅读，我们的目的是激发学生对阅读的喜爱。

总统将我们学校誉为全国教育的榜样，他说："所有学校都应该向哈莱姆乡村学校学习。我喜欢来到一个表现超出预期、给我惊喜的地方。"麦克·布鲁伯格市长也将我们学校誉为"全国杰出教育典范"。没过多久，社会名人、政治家、教育家和公司总裁开始经常到访我们学校。全美广播公司的晚间新闻主持人布莱恩·威廉姆斯后来说我们"给全国的学校上了一课"。

老师之间的相互支持是我们团队文化的核心。但我们的文化远不止这个：我们的团队文化最深层次的要求是他人利益高于自我利益，以学生的需求为首。这就像家人之间那种无条件的爱，当你以他人需求为首时，你会获得更多。

不论在非正式场合还是正式的意见反馈会上，我们总是会问老师们：学校怎样可以让你们开心？大部分老师很感谢学校在这方面的努力，只要他们提出意见，我们就尽力去做到。老师们都明白我们真的很在乎他们。

像梅尔老师这样的大师级教师不仅会给学生传授知识，而且会灌输给学生强烈的求知欲和关怀他人的愿望。在离开夏令营后的几十年里，梅尔老师依然影响着我的人生。这充分证明一位老师可以带给学生深远的影响，老师可以塑造人生，也可以改变世界。

第 1 章

梦想成为一名教育者

searching

丈夫乔尔为了不让三个孩子坐车的时候感到无聊，发明了"肯尼家庭地理"这个小游戏。新一轮游戏开始了。

"好，请听下面三条提示。"他说，"该国家位于南美洲，首都是加拉加斯，语言是西班牙语，英文名称的首字母是V。"

瑞秋当时才六岁，是家里最小的孩子。她很不满地说："怎么给了四条提示嘛！"

八岁的查娃坚定地反驳道："首字母那条提示不算，正好三条提示。"

就在这两个孩子争论的时候，老大——九岁的艾维迅速地说出了答案："是委瑞利亚！"

乔尔边开车边评价说："艾维，好样儿的，你接近正确答案了。"

艾维坚定地重复说："就是委瑞利亚，爸爸，你要相信我！"

突然，我和乔尔听到一阵阵尖叫和傻笑声，孩子们将注意力转向了他们更加喜欢的"拳击"游戏——其实就是相互击打闹着玩。

"别闹了！"乔尔让他们别闹了，笑着对艾维说："艾维，你接近正确答案了，再想想啊！"

艾维一本正经地回应说："爸爸，我再问你最后一次，是不是委瑞利亚？"

乔尔和我禁不住大笑起来。

这是1998年6月的一个明媚周日，我们一家正驱车前往康涅狄格州的科学博物馆。自从我们一个月前租看了一张有关鲸的光盘后，孩子们一直想去看看海洋生物展，这几周都在期待着这次旅行。

我们沿着纽约州威斯彻斯特县的索米尔河公园大道向北行驶。正当我告诉孩子们大约还有二十分钟就到了的时候，乔尔忽然说他感觉有点头晕，我们当时以为他只是得了流感。

但第二天一早，乔尔的头更晕了。他以前从未抱怨过、也未生过病，这次头晕的感觉却这么强烈，实在是不太寻常，于是我开车送他去找医生进行检查。

医生给他进行了几项血液检查，说很快就能出结果。半个小时过去了，结果还没出来。我们等了整整一个小时。

最后，医生终于回来了，他轻声说："我可不是危言耸听，只是情况可能很严重。乔尔，你可能得了白血病。"为了安抚我们的情绪，医生又说，"一切都还不确定，你需要做一次脊椎穿刺。"

我们立刻开车回家了。回到家后，我四处打电话问别人该怎么办。我打电话去预约第二天的检查，乔尔则静静地躺在床上，盯着天花板。他是如此平静，又如此惊恐，看到乔尔这样，我几乎要崩溃了，但又不能表现出来。我极力掩饰着担忧，握住他的手说："检查结果一定会是阴性，明天这一切就结束了。"

那天晚上我根本就睡不着。黎明之前的黑暗中，我一直在默默祈祷，祈求上帝保护乔尔。

　　第二天一早，我们开车去位于曼哈顿的西奈山医院接受脊椎穿刺。脊椎穿刺极其痛苦，但只有这样才能弄清楚乔尔究竟怎么了，而且必须马上做。我一直坐在他身边，和他一起静静呼吸，握着他的手完成了整个检查。检查做完后，我们本来准备回家，但医生把我们带到了三楼。

　　走出电梯，墙上写着三个大字"肿瘤科"，我们并没有理会。在空房间里等候结果的时候，我内心十分恐惧，但极力掩饰着，不停地问乔尔有关他论文的各种问题，以分散他的注意力，而他则讲了一堆笑话企图分散我的注意力。

　　突然，大约十名医生、护士和住院医师涌入房间，我屏住了呼吸。一名医生直直地看着我们说："乔尔，对不起，你得了白血病。"

　　乔尔是这个世界上我最钦佩的人，他是那种极少数有追求、有上进心的人，我对他一见倾心。

　　24岁那年我刚刚和前男友分手。我的前男友是哈佛法律专业的学生，他聪明、有理想，长得也帅，但我和他总是缺乏心灵深处的交流，我希望能找到一个灵魂伴侣。

　　第一次和乔尔约会的时候，我们花了半个小时的时间讨论信仰。我们一边逛着下曼哈顿的格林尼治村，一边聊天。我得知乔尔会弹吉他、喜欢大自然、喜欢画画，还是达拉斯牛仔队的忠实粉丝。他说，他家兄弟四个，他们小的时候几乎天天在后院踢球，从来不会错过达拉斯牛仔队的比赛。

　　乔尔内敛但很自信。乔尔的母亲雪莉是一名大学校长，曾经一边做全职英语教授一边养育着五个孩子。乔尔的父亲是一位历史教授，他们一家人原来住在弗吉尼亚州的麦克莱恩市。

恋爱期间，乔尔给我写过许多情书。在每个信封上，他都会用彩色铅笔手绘一些粉色的桃心。不久后，我们开始筹划未来。他告诉我他的理想，说想从事教育事业，想写书，还想拥有一个大家庭，创作自己的音乐。我深深爱上了他。

和我一样，乔尔在大学也学过宗教和哲学。我们可以用整个周六的晚上来辩论真理的本质，而且都对此感到非常满足，我们相处得如此融洽。

记忆中，我一直这样专注于学术和知识。高中时，父母曾担心我太严肃认真了，鼓励我去参加其他活动来放松自己，得到全面发展。而为了回击他们的劝说，我在学校校报发表了一篇题为《儿童全面发展的神话》的社论。文章中，我主张一心一意地做一件事情而不是参加各种各样的学校活动。

在学校，我不属于任何一个团体，也不在乎是否受欢迎。学校举办舞会的那晚，我却和死党萨拉在她家厨房一边聊天一边吃着金枪鱼三明治。

我一直觉得高中生活很浅薄，所以我和萨拉参加了一个夏令营，这是一次有益的改变。尽管小孩子都喜欢交朋友、喜欢玩，但在这里，聪明的人才酷，大家都相处得很融洽。这个夏令营的主要内容是介绍犹太人的价值观和社会公平。我们的营歌是《我们能改变世界》。这里的每个人，包括我，都相信我们能改变世界，多么美妙啊！

在这次夏令营中，我遇到了改变我一生的老师梅尔·赖斯费尔德。他是位出色的教育家，有时又不拘一格。几十年来，他一直是营中的核心和灵魂人物。在我们这些小孩子眼里，他是最酷的大人。他讲起历史、传统及社会公平，能够让数百位参营者和辅导员认真地听上好几个小时。我最爱听的是那些有关他的行动主义的故事：1963年，他和一个朋友带着两个学生驱车前往华盛顿参加"华盛顿游行"，就是为了去听马丁·路德·金的演讲；当非洲人民饱受饥饿折磨的时候，他努力为尼日利亚筹集资金；他协同组织了由美国优生优育基金会发起的早期步行马拉松比赛之一；他也参加过为支持农民劳工领袖查韦斯而举办的抗议活动。他经常挂在嘴边的一句话就是："我们要关心人民大众。"他还很喜欢煽动我们。一天晚餐的时候，他向我们当中的八个人发起挑战：有谁会用另一种语言表达"笨"？接下来的一个小时，大家都在努力显示自己的语言能力，以引起他的关注。

尽管他有时不拘一格，又或者正是因为这个原因，梅尔老师成了其他辅导员的榜样。这些辅导员在20世纪60年代时大部分都是政治上的积极分子，和梅尔老师一样，他们都喜欢独立思考、挑战社会规范。我特别理解他们的世界观：挑战权威才能实现自我存在的价值。

营中的一位辅导员曾向我推荐吃糙米、果汁，禁食和瑜伽。我14岁的时候，决定成为素食者，母亲知道后焦虑不已，她担心地说："没有蛋白质怎么行呢？"我深信不疑地告诉她："说什么蛋白质是最重要的营养物质，那只是肉类和乳制品产业编造的谎言啦！"在当时的20世纪70年代，人们认为这种所谓的"健康食品"太过荒诞，身边的人都认为我这么做简直是疯了，但我完全不把他们的想法放在心上。

到高三（四年制高中）时，我越发觉得自己与同龄人脱离，我并不像其他人一样把追求成功看得很重要，相反，我完全沉浸在夏令营中进行的那些关于宗教和社会公平的讨论里。我开始写日记，并摘录激励我的话。我从哈伊姆·波托克的《最初》中摘录了这样一句话："无知即罪恶，愚人任宰割。"

高四时，我把心中存在的种种疑问都记录了下来：人生的意义何在？诚然，快乐很重要，但人生的最终目的和内涵就是快乐吗？我对于未来有何计划？选择一个专业进行学习，毕业后找份工作并努力工作，然后换一份更好的工作，升职，然后……然后怎样？20年后，我还会在原地，思考这一切是为了什么。那么我的最终目标究竟是什么？

为了庆祝我高中毕业，妈妈为我举办了一个聚会。客厅里坐满了亲朋好友，在众人面前，妈妈朗诵了一首她为我写的诗。我还记得开头是这样的："如果一位女士没有与她的同伴保持步调一致，那也许是因为她遵循着自己的节奏。"我为有这样无条件给予我支持的父母而庆幸。

在宾夕法尼亚大学就读期间，大部分时间我都在咖啡店里，面前摞着成堆的书籍，和朋友们畅谈人生的意义直到深夜。大一入学不久，我接触到莱纳·马利亚·里尔克的作品。他的那篇《致青年诗人的信》我读了不下百遍。里尔克在信里写道："没有人能给你出主意，也没有人能够帮助你。只有一个唯一的办法。请你走向内心，探索那让你写作的缘由，在自身内挖掘一个深刻的答复。若是这个答复对你的写作表示同意，而你也能够以一种坚强、单纯的'我必须'来回答那个严肃的问题，那么，你就根据这个需要去打造你的人生吧；在你人生最寻常、最细琐的时刻，都必须成为创作冲动的标志和见证。"这段话引起我深刻的思考，我的人生又将是什么的见证呢？

大学期间，指导老师允许我开设一个独立的专业去研究比较宗教学、文学以及哲学，这让我异常兴奋，可父亲并不开心。从小学开始，他就一直把我往医生或律师的道路上引导。他质问我："你学这些以后准备干什么？开一家哲学商店？"事实上，我自己也不知道研究这些以后干什么，但我不在乎，我只想为心中那些问题找到答案。

我最喜欢的大学课程是美国思想史。该课程是大四的研讨课程，而且只有12个上课名额。我大二的时候跑去上这门课，当我走进教室的时候，发现教室里满满当当挤了大约50名学生，每个角落都站着听课的学生，还有一些挤在门旁边。

任课教授看到这种情况，对大家说："非常抱歉，学生人数已经超额，请大三的同学举手示意。"大约20名学生举起手来，于是教授对他们表示歉意，请他们明年再来上课。然后教授请那些还没有下定决心要学好这门课程的大四学生考虑现在就离开，大约又有12名学生走了。最后，教室里剩下了15名学生，我也有幸留下了。

教授向大家介绍说："每周的课程结构都是一样的：你们每周要读一本书，然后写一篇论文与作者的想法进行辩论。来上课的时候，要准备好为自己对文章的理解进行辩护，我随时可能点到你。"

我知道过不了多久，教授就会通过花名册发现我是大二的学生，但我迫切地想要研究像梭罗、爱默生以及其他超验主义者这样伟大的美国思想家的著作，我钦佩他们勇于反对当时的思想体系，也为他们进行理想主义的精神探索而着迷，爱默生还写下了"思维的无尽质疑"，所以，我必须上这门课！

所以，那一周，我花了15个小时完成了一篇论文，并约见了教授。

在他的办公室里，我坦白道："我要求见您是因为我想告诉您我是大二的学生。尽管您第一周没有布置论文，我还是写了一篇。希望能通过这篇论文让您看到我有多么坚定，我多么想上您的课。"教授让我那天先上课，下周会决定我是否能继续上课。

第二周上课的时候，教授把那篇要求之外的论文还给了我，封面上用红笔批着"C-"。他对我说："你可以留下来继续上课，但下次希望看到你更好的表现。"我听后欣喜若狂。

大学时的许多夜晚我都是在图书馆里度过的。一个周日，我沿着砖路从宿舍走向图书馆，走到校园的中间位置时我突然停下来，想到一个问题：如果我能读完图书馆里所有的书，是不是就能明白人生的真谛了呢？

周末，我和其他同学一起在宿舍里高谈阔论，但我会花更多时间与成年人在一起，比如研究莎士比亚的教授、学校的犹太教法学导师、我的宿舍辅导员马丁·赛里格曼，还有我在学校唯一的素食店里认识的一名研究生，当时就是他告诉我拉姆·达斯要来费城了。

拉姆·达斯原名叫理查德·阿尔伯特，曾是哈佛大学一位杰出的教授。20世纪60年代初，他同阿道司·赫胥黎、艾伦·金斯堡和蒂莫西·里瑞一起利用迷幻药（LSD）来做心理治疗与拓展意识实验，尽管他证明这只是对于人类意识本质的研究，哈佛大学还是开除了他，而无数孩子也开始讨论他的相关信息。我对毒品毫无兴趣，却对他的思想颇感兴趣。

拉姆·达斯来讲座的当天，我早早就来到拥挤的会场。他的演讲内容涉及了我所想过的一切问题。他问了我们一连串的问题："我在这里做什么？你是谁？上帝是什么？"他讲到了分离的幻象，还讲到了通过冥想来超越理性心智的限制。他说："在你的人生过程的某个时候，你会发现你并不是自己认为的那样。"拉姆善于引经据典，他在演讲中引用了多位名人的话，诸如爱因斯坦、卡巴拉、孔子、一位西藏喇嘛、拉玛那·马哈希和一位本笃会僧人。他还说："60年代的时候，我们曾认为强者是理性的、有分析力的，而弱者和女性都是凭直觉的。可如今看看结果是怎样的，那种想法显然已经过时了！"

我用一个小录音机录下了拉姆当年那段演讲，回到宿舍后，我把演讲内容转抄进了日记里。在我抄写的时候，我的朋友罗伯特和乔恩走了进来，他们问我在干什么。那晚，我用了一整夜的时间给他们讲述了拉姆·达斯讲座的内容。对我来说，这段讲座的意义重大，比我经历的整个成长过程还要重要。

我这么说可不是因为我的童年有什么阴影。我的父母慈爱。母亲是一位家庭主妇，同时也是自由撰稿人。父亲当过一段时间的老师，后来改行做了证券经纪人。他们从不束缚我，给我充分的自由，而且愿意为我做任何事，这让我拥有十足的自信心和稳定感。但我始终觉得，人生除了经济和事业上的成就之外，应该有更大的意义。

一个周末，父母到大学来看望我，我正和一群朋友坐在宿舍里。妈妈看着我书架上的书，怀疑地问我："你在学习什么专业？"为了防止我把去年她送的那本安·兰德的《阿特拉斯耸耸肩》放错地方而找不到，她特地带了一本新的给我。爸爸问我的朋友们："你们今晚有什么活动啊？"这种问题总是会让我难堪。她们回答说："我们要去参加聚会。"爸爸立刻说："你们可要带上黛博拉啊！"可朋友们笑着说："她啊，从来都不参加聚会。"

朋友一走，爸爸就转过来对我说："黛博拉，和她们一起去啊！你一定会很开心的，你就不能花点时间来进行社交吗？"我不想搭理他，回应说："那些聚会就是音乐、喝酒加上很多人，太无聊了！"听了这话，他们都要崩溃了。"我说错了吗？"我问，他们却说："聚会不就应该是这样嘛！"

我偏偏对聚会毫无兴趣，相比之下，我更愿意花时间去帮同学打论文，打一页纸就可以赚一美元。我想攒够钱寒假的时候坐火车去波士顿见见原生态饮食的创始人安·威格莫尔。功夫不负有心人，我如愿见到了她。在她的公寓里，她推荐我喝嫩芽麦草汁。那年春假，我去了位于康涅狄格州伍德斯托克的一个农场。在那里，我和维特勒·考门以及他的十几个朋友一起在湖中的小船上度过了一周。维特勒是安的同事，是原生态饮食的另一个创始人。我读了他写的两本书，想了解更多有关原生态饮食的信息。他在书中写道："万物皆有生命。你应该意识到自己并非教条束缚的那样。请让意识与你合为一体。终有一天，我们会保持微笑，走路的时候，我们会身轻如燕，眼里光彩四溢。"与他们在一起的那一周，我坚持吃嫩芽，学习冥想，每天早上还要用从天花板吊下的绳索将自己倒立悬起。

在我被这些练习吸引的同时，内心还保留了一些怀疑。我见到的那些人中，有一些的确是很严肃的思想家，但有一些明显是江湖骗子。我接受了其中关于健康饮食的部分，但觉得以这种做法去接近灵性有点肤浅和以自我为中心，所以我逐渐对它失去了兴趣。我认为真正的宗教信仰和灵性并不是要获得开导，即自我完善，而是要更多地把自己放在次要位置，为更伟大的善举勇于牺牲自我。

我最享受的事就是和那些夏令营里的朋友在一起，所以，有好几年的夏天，我都去夏令营里当辅导员。我请求梅尔老师将我安排在他的组里。他可是资深辅导员，人人都想成为他的下属，跟他学习如何领导一个团队。

在营里，我有大把时间阅读，还可以和朋友们谈论爱默生、卡巴拉和威廉·詹姆斯。我经常一边听斯蒂夫弹吉他，一边和他交谈。有一天，我问他："你觉不觉得如果对宗教研究得足够透彻，最后就能明白人生的真谛了呢？"斯蒂夫回答说："这个得看是哪种宗教吧，不同宗教区别大着呢。"

表面上看，斯蒂夫说的是对的。不同的宗教看起来有很大区别。但从更深层来看，我发现所有宗教的神秘教义都大同小异。我想起了那年初夏我贴在铺板上的那首托马斯·艾略特的诗。诗里这样写道："我们必不可停止探索，而一切探索的尽头，就是重回起点，并对起点有首次般的了解。"也许这就是答案，我应该选一条道路并坚持走下去。我应该对自己的宗教进行更加透彻的研究，这不是因为我信仰的宗教比其他宗教更接近真理，而仅仅因为我对它已经有了初步的了解，如果我坚持研究到足够深刻的地步，也许我就能无所不知了。

这周负责信件收发的黛安大呼："有你的信！"这封信是从"海上游学"寄来的，这是一个大学生坐船进行环球游学的项目，我已经完全忘了自己申请过这个项目。他们现在来信通知我被录取了。

黛安得知后开心地喊起来："太酷了！"一些朋友听到后都聚集过来。

大卫说："你真是太幸运了！"

"哇，你获得了去参加这个项目的贷款？"

"你会去哪些国家游学啊？"

在大家七嘴八舌讨论的时候，我把那封信塞进了日记本里，告诉他们："我不去了。"

黛安惊奇地问："什么意思？"

我回答说："我要探索的不是外部世界，而是内在世界。下个学期我要去以色列潜心冥想，并研究卡巴拉的思想。"

接下来的一个学期，我起早贪黑地研究神秘主义。一开始，这让我很兴奋。我和同伴们上午一起冥想、祈祷、上课，下午一起阅读好几个小时，晚上则看着窗外的古老山峰与洞穴长聊至深夜。但最后我发现我的研究仿佛遇到了一堵墙，再也无法继续，因为要想达到无所不知的水平是不可能的事。我在日记中写道："我学得越深入，就越发现自己有许多知识盲区。知识的世界如此浩瀚，我根本无法到达终点。"

带着这样的困惑，我去图书馆找到了学校的犹太教法学导师，并向他请教。他是位很了不起的老师：为人谦和朴实，才华横溢。我向他诉说："多年来，我努力寻求人生的最终目标究竟是什么，现在却发现在这宏大的宇宙面前，我的人生太渺小了。"他平静地微笑着对我说："这是个相当有益的阶段。在这个阶段，你会意识到自己是多么渺小，而其他所有人突然变得那么重要。人生就是为他人服务，除了这个，人生还有什么其他意义呢？"

听完他的讲解，我径直走回宿舍，从第一个抽屉里取出日记本，呆呆地坐了一会儿。这么多年的探寻现在终于有了结论。我反思着导师说的话，想到全世界有那么多受苦受难的人民，我意识到花这么多时间去思索哲学真是件奢侈的事。我一直在探寻的人生的意义，答案原来就是用我的生命去服务于他人。我在日记里这样写道："我以为自己的探索遇到了一堵墙，结果证明，那是一扇门。"

遇到乔尔后，我第一次觉得自己找到了和我有同样看法的精神伴侣。他也学习过宗教和哲学，在大学里也探索过同样的想法，还得出过许多和我一样的结论，他就是我的完美伴侣。

1987年，我们结婚了。当时我刚在哥伦比亚大学的教师学院开始一个博士项目，而乔尔即将去位于市中心的纽约大学攻读中世纪神秘主义的博士学位。

博士研究生的时候，我的第一份作业是写自己的教育理念。我的论文题目是《成为一名教育者》。对我来说，教育就是要塑造学生的世界观与品质。我在文中这样写道："教育的最高形式应该是向学生传达信息，而不是把思想强加给学生。一个真正意义上的老师应该只是给学生构建一个知识体系，让学生在体系内有自己的创新。"

我入学的时候，还没有完全意识到教师学院是积极捍卫自由主义的。（我和前地下气象员组织的成员比尔·艾尔斯是同届学生，但他比我大二十岁。）知名教育哲学家玛克辛·格林是我最喜欢的教授之一。格林教授认为教育的目的是帮助学生明白他们与全人类的联系和对全人类承担的责任。我在教师学院遇到的所有人，包括格林教授，都觉得教育者的作用应该是给学生以启迪，任其发挥，让他们成为批判性思想家，为创造一个民主、仁爱的社会做贡献。

我对教师学院这些完美的学者和想法非常着迷，我还请求格林教授做我的论文导师。我喜欢教师学院的一切，包括上比较教育学课、在布鲁克林担任教学工作以及学习如何进行课程规划。

与此同时，29岁时，我已经是三个孩子的妈妈了。那十年，我一边抚养孩子，一边做各种工作赚钱贴补家用，同时，坚持完成了博士学业。

博士毕业后，我曾想过成为一名公立学校的校长，但一个教授阻止了我。她说我在那种政府机构一分钟也待不下去。我当时还没听说过特许学校，那时纽约也没有特许学校，所以我提出了另一个想法："要不我创办一间私立学校为服务匮乏的社区提供教育？""这样的话，你将无法成为教育者，大部分时间，你会为资金而担忧。"这一想法也被她否定了。

正当我困惑不知何去何从的时候，一个朋友向我推荐了一个职业规划讲习班，于是我报名参加了课程。一整天的练习后，讲师给我分析了我的职业方向："所有的七项指标清楚地显示你有商业头脑，但同时你又希望和孩子或家长一起工作，所以，我给你的建议是，把这两者结合起来，可以尝试去生产儿童产品的公司就职，比如儿童出版公司或玩具公司。"他的分析听起来很有道理，于是我开始去诸如学者出版社、新泰莱童鞋公司、孩之宝玩具公司和《养育》杂志社等公司进行面试。

在三个孩子即将分别进入幼儿园、一年级和二年级的那个夏天，为了让他们进入优质的公立学校享受更好的教育，我们搬去了威斯彻斯特。同时，我们还希望孩子们接受道德教育，因此，他们每周日上午、周二下午和周四下午都去教会学校学习两个小时。一个周日的傍晚，我无意中听到艾维和查娃在房间里的对话。艾维跟妹妹说："我能和你一起玩你的乐高玩具吗？"查娃头也不抬地拒绝了他。"可是上帝告诉我们要分享。"艾维想要说服她。可查娃不吃他那套，坚持回绝说："不要，我不想和你分享！"最后，艾维生气地说："可是你如果不让我玩，我就杀死你！"好吧，我得承认，他们不是圣徒！

周日晚上是家庭阅读夜。我会在客厅里铺开一条毯子，做一大碗爆米花，然后一家人在维瓦尔第的音乐中看书。如果是冬天，我们还会生火取暖。但夏天的时候，孩子们通常都坚持不了，最后都和邻居家的小朋友们去外面玩捉迷藏或捉萤火虫了。

在教育孩子的过程中，我明确想要传达给他们一些价值观，因此我用心安排和设计着对他们的教育。在孩子们很小的时候，我就教育他们为慈善事业做贡献。我告诉他们，要养成给予的习惯，如果没有给予就会发自内心地觉得不舒服。我以家庭的名义登记加入了一个为流浪人士发起的跨信仰三明治制作项目。每年冬天，我还会带孩子们去林肯中心和卡内基音乐厅听古典音乐演奏会。

乔尔的教育风格则是永远把孩子放在首位。他极有耐心，即使他在埋头写作，只要孩子找他做什么，他可以立刻放下工作去配合他们，不论是让他去整理花园、帮忙完成一个科学实验，还是修理玩具。乔尔很善良且求知欲强烈，孩子们自然继承了他这些品质。他对孩子们说话就好像和成年人说话一样，那种一本正经的诙谐总是令我捧腹。

1998年的那个夏天，距离他博士论文答辩只剩几个月的时间，从医生那里得知这个不幸消息后，他几乎崩溃了。

在医院里，护士带着乔尔做了更多的血液检查，肿瘤学家对我说："乔尔必须马上进行化疗，如果不立即开始治疗，他可能活不了几天。"

"好的，我会推迟新工作的上岗日期。整个治疗大概需要持续多久呢？"我问医生。我刚刚被时代华纳集团录用，在集团旗下负责《养育》杂志出版工作的养育出版公司就职，职位是营销与业务开拓部副经理。同时，我还负责开发针对新妈妈和新生儿的产品。

医生告诉我："这将是场持久战，你也不必推迟上岗日期了，去工作吧。"

可我怎么可能放心去工作呢。我说："可是他需要我啊！"

"以后他会更需要你，你一定要照顾好自己，照顾好孩子，保住你的工作。"

"我就是无法想象在他治疗的时候我却在工作。"我告诉医生。医生对我表示同情，态度却依然坚决："他可能需要治疗一到两年，总要有人来撑起整个家吧。"听着医生的话，我的泪水止不住地流了下来。

医生安慰我说："每个面临这种情况的人都要经历这个过程，你也要挺过去。"

乔尔的父母当时正在希腊开会。得知这个消息，他们第二天就赶了过来，乔尔的兄弟姐妹也从华盛顿赶来。我们把情况原原本本告诉了他们。大家都围在乔尔的病床旁边，而乔尔则和往常一样，讲起了笑话。在医院里，护士们已经把他评为"最受欢迎病人"。当一名护士走进来说轮到他做心电图（EKG）的时候，他却打趣说："我更想有个小桶（KEG）。"另一名护士刚好经过，顺便送来了他的午餐，他故意面无表情地说："有没有人过世了？也许这样我就能早点吃上饭了。"他就是这样乐观。

我以前从没有在医院照顾病人的经验，但很快就熟悉了情况，积极满足乔尔的一切需求。其中最重要的是掌握陪夜的技巧。我把椅子放到乔尔的床尾，刚好面对着门，整夜都端坐在椅子上，保持浅睡状态。这样做就可以在护士进来的时候，及时示意她小声说话，并告诉她测体温的时候不需要开灯。我很惊奇护士们怎么会在凌晨两点半的时候走进病房，还用洪亮的声音大喊："今天感觉怎么样啊？"每当这时，我总会微笑着小声说"他睡着了"，希望以此让她们意识到不应该每隔两小时就把乔尔吵醒一次。

　　我们曾告诉孩子们爸爸生病了，但从未向他们提及详细病情。7月的一个周六，医生诊断后不久，我带着孩子们去医院探视。一见到孩子们，乔尔的眼眶变得湿润，但为了孩子，他表现出一副很开心的样子。该离开的时候，我让孩子们先出去到大厅的椅子上坐着等一下。他们一走出去，乔尔忍不住开始啜泣，难过地说："我应该要陪着他们的。"

　　我握住他的双手说："你会的，你会熬过去，一切都会好起来的。我明天早上再来，晚上给你打电话。"

　　"我爱你。"

　　"我也爱你，我向你保证，一切很快就会过去。"

第 2 章

为了帮助更多的孩子

What Life Expects

上班第一天，我逼着自己去了公司。

活力四射的公司前台一见到我就欢呼起来："欢迎欢迎！我们一直在期待你的加入，迈克尔正在等你。"

走进迈克尔的办公室，看到他一副很有精神的样子。他对我说："黛博拉，你的加入太令人振奋了，这将是一番大事业的开始。养育出版公司已经不仅仅是一本杂志，它是一个品牌！我们有巨大的协作潜力，也会开发出许多新的产品系列。"

那天的整个上午，我都心不在焉，一直在想乔尔在做什么呢？也许在阅读他的论文参考书籍，也许在睡觉。如果他无聊了怎么办？他渴不渴？有没有吃早餐呢？上帝啊，我必须五点半下班，这样就可以挤出一个小时先去医院陪乔尔，然后再回家陪孩子们。也许我应该带些填字游戏给他打发时间。

迈克尔还在继续说："公司给了我开发新产品的自由，也愿意为我们这个小组的项目投资。如果你有什么关于新产品的想法，你也可以放手去做。但是，有些事情我觉得有必要告诉你。"他慢慢地说，直直地盯着我看。

很明显他也看出来我根本没在听。我不在乎养育出版公司的规划，但我对家庭负有责任，而为了他们，我需要这份工作。于是，我装出一副颇感兴趣的样子，问道："是什么事情呢？"

迈克尔开始向我解释公司的办公室政治，这些有可能会影响我的成功。他告诉我："布拉德和艾伦都抢着让你向他们汇报工作，可是我决定让你向我汇报工作，因此，他们都不太高兴。"听了这话，我心想，如果在我来上班之前知道这些就好了。迈克尔接着说："没事，他们都会想开的，我只是想让你事先知道这些，好有心理准备。"

我坐到自己的办公桌上，登录进我的电脑系统，收到了第一封邮件。这是迈克尔发给我的，除了主题栏的"供你参考"，没有更多信息。原始邮件来自布拉德，他向迈克尔阐述了各种理由来说明现在我负责的一切都应该由他来主管。正在这时，布拉德走进了我的办公室，我慌乱地关掉邮件。他微笑着对我说："我想成为公司里第一个欢迎你的人，希望一切都还顺利。"我回答说："一切都好。"

然后，我下楼去和艾伦打招呼。她聪明而傲慢，说话有些刻薄，但我欣赏她的果断。走进她的办公室，我说："我特别期待能听听你对于这个项目的目标，这样我们可以更有效地合作。"她甚至没有站起来，也没有让我坐下，直接回应说："你的上级是迈克尔，而不是我。我需要营销部直接向我汇报。"

我已经从教师学院毕业有一段时间了，在此期间从未在公司工作过，对于办公室政治毫无经验，但我可承担不起工作上出一点岔子。我们一家需要这份收入和医保，而我有责任让这一切得到保障。

在这期间，很多人去医院看望乔尔，他的父亲成了他的主要看护，我则竭尽全力让孩子们保持正常的生活。

尽管疾病让乔尔饱受痛苦、精疲力竭，生活上也失去了隐私，他还是坚持做自己。一天，在经历了一轮极其艰难的化疗后，他决定写篇文章，题为《死亡利弊论》，内容如下：

利：身边的人对你倍加关爱。

弊：最后终将死去。

利：这是生命中唯一的一次，你不用担心葬礼那天还有别的事要做。

弊：从此以后，你的生命就此结束，再无日程可言。

利：不会再有人问起你何时博士毕业。

弊：再也喝不上啤酒了。

利：比在布鲁克林的日子好一些。

弊：会很想念超级碗（美式橄榄球年度冠军赛）。

利：无需再为臭氧层空洞而担忧。

弊：再也看不到维多利亚的秘密（著名内衣品牌）的产品目录。

接下来的几个月，我尽量不去理会办公室政治而是专注地做自己的本职工作。我的工作就是为父母们开发新产品以帮助他们养育健康的孩子，这一任务还是相当令我兴奋的。

我拥有一个很优秀的团队，他们个个都机智过人、精力充沛、专业而老练。大家努力为新产品的构想献计献策，我让他们既要考虑产品能给公司带来的利润，也要考虑具体的用途。这种开拓新业务的方法启发了许多队员，但也有一些人认为这种方法过于感情用事。面对他们的质疑，我说："这些年轻的母亲正在教育下一代，如果我们能影响到他们的教育，就能获得成功。"

　　一位名叫卡罗的项目经理对我这一想法颇感兴趣。她是个热心、友善的人。我们经常一起讨论共同关心的话题——低收入家庭及这些家里的小孩。我们都希望能通过努力找到办法满足他们的需求。但卡罗向我坦白说她真正的愿望是回到学校去攻读博士学位，然后做一名社会服务人员。而我也向她吐露自己一直的梦想——创办一所学校。

　　我曾在《养育》杂志的一期特刊上读到过一篇有关非裔美籍男孩的文章。这篇文章是促成我加入养育出版公司的原因之一。文中提到一名12岁的非裔美籍男孩，他叫埃里克·博伊德，家住芝加哥。文章中引用了他说的一段话："我在夜里醒来，听到外面有人开枪，还有吵闹的狂欢聚会。我亲眼看到一个十几岁的少年在我家门前头部中枪。妈妈不让我出去玩，因为她怕那些坏人强迫我加入帮派，她不想我死。我喜欢数学，也喜欢看书。一个公司里的一些人曾带我们去拜访了工程师，我也想成为一名工程师！在故事里，愿望总会成真，可是在我认识的人中，没有一个人愿望成真。"

　　我曾经把印有埃里克的照片和那段话的那页纸从杂志上撕下来镶在一个黑色相框里。现在，我把它和我三个孩子的照片一起摆在办公桌上。我加入养育出版公司就是因为埃里克，甚至当初决定攻读教育学博士学位也是因为他。我知道自己在养育出版公司工作并不能直接帮到埃里克，但我希望这份工作能成为一个踏板，让我能够帮助到像他一样的孩子们。

　　很快，乔尔安然度过了第一轮化疗。孩子们制作了许多"欢迎爸爸回家"的标志贴在房间里。尽管乔尔还需要回医院做体检，但他总体上感觉好多了，真是个奇迹啊！

一个周五晚上，把孩子们哄睡着后，我和乔尔靠在床上看书。他突然让我坐起来把眼睛闭上。"你要干什么？"我不解地问。可他就是不说，只是坚持让我照他说的做。然后他把一个光滑的盒子放到我手里，说："打开它。"

里面是一条蓝色玻璃珠串成的漂亮项链。他握住我的双手，说："你拯救了我的生命。"我说："不，不是我拯救了你。"可他紧紧握着我的手，坚持说是我救了他。我把头靠在他的胸前，默默祈求上帝让他一直健康地活下去。

上帝听到了我的祷告，乔尔的精力在慢慢恢复，他对打败病魔充满了信心。随着时间流逝，他的身体也变得越来越强壮。

虽然忙于养育出版公司的营销与业务开拓工作，我仍然很重视与那些致力于根除社会不公的社会企业家的会面。去华盛顿出差期间，我认识了乔纳·爱德曼，他不久前创办了一个名为"关注儿童"的组织。该组织的主要目标是通过对地方社区人员进行培训来为儿童争取最大利益。乔纳的妈妈玛丽安·赖特·爱德曼是一名传奇的民权活动家，也是儿童保护基金会的创始人。儿童保护基金会是一个为儿童争取利益的全国性组织。我读过玛丽安女士写的一些书，还在日记中摘抄过她说的话："儿童需要的是一群能长期、持续、有耐力地为他们争取利益的倡导者。这些人每天都要做那些艰苦的、不为人知而又吃力不讨好的日常工作。"我还常常一遍遍重温这句话。

　　乔纳的办公室很热闹：大约15名年轻的活动家在制作宣传手册，其他人在往数据库里输入姓名，还有一小群人坐在角落里策划活动。那天晚上，乔纳开车带我去了一个社区中心。他在那里就如何组织社区活动对家长们进行了长达几个小时的培训，我则在一边旁听。

　　深受鼓舞的我一回到纽约就约见了卡罗。我们想了许多办法，希望能利用养育出版公司的项目来资助那些由于贫困而无法享受某些权利的家庭。其中，一个文化项目的构想引起了我的极大兴趣。最近出版的一些新闻杂志报道了一项研究，是关于人从出生后到三岁期间大脑发育情况的研究。研究表明，幼儿教育——具体来说就是，父母向学龄前儿童朗读对于儿童的大脑发育起着重要作用，这种作用远比专家们曾经认为的重要得多。

　　养育出版公司旗下的一家分销公司专门负责通过医院向全国的新妈妈派送礼品包。礼品包里有产品样品、优惠券和一些宣传资料。我们的想法就是借机销售为不同成长阶段的儿童精心搭配的适应性发展系列书籍。每个新妈妈都可以免费获得系列书籍的第一本，然后每月支付一定的费用，就会适时收到适应不同阶段儿童的新书。这样，通过把第一本书直接送到妈妈们手上，我们就能鼓励成百上千的母亲为小朋友们朗读更多的书籍。

　　布拉德负责提交这个项目的财务预估。在报告会上，他说："我们对这个项目进行了估算，前景还是不错的。只要把市立医院从项目中删去，就能赢利。"我环顾整个会议室，大家都在点头。见到这种情况，我赶紧说："可是住在市立医院的都是低收入家庭。"他怀疑地看着我说：

"是啊，这就是问题的关键。这些低收入家庭正是市场上那25%连59美元一套的书都买不起的人群。"

我仍不罢休："可正是这群人最需要那些书！这些母亲没有渠道去了解给幼儿朗读的重要性，而这种重要性正是那项研究的核心，正因为如此，我们才设计了这项产品。"

"你是想让公司亏损吗？这笔账动动脚趾头就能算明白。"他争辩说。

我继续反驳说："公司当然要赚钱，可是我们为什么不能同时与人为善呢？我们可以找商家来赞助这些提供给低收入母亲的书籍啊，也许强生公司愿意成为赞助商，对他们来说这可是个绝佳的市场商机，我自己去和他们谈。"听了这话，一个资深广告销售员看了看艾伦，然后站起来对我说："强生公司是我的客户，我正在和他们讨论广告日程，我可不希望他们分心，你不能去和他们讨论这个方案。"

就在这时，迈克尔从会议室门前走过。布拉德看看我，滴溜溜转动着眼睛，迅速站起身来，走向门口，问迈克尔："你现在有空吗？"然后他们一起离开了。

我回到办公室，十分沮丧。我在做什么？更明确地说是我在这个公司做什么？

卡罗从门口探着脑袋问："你还好吧？"

"没事。但我希望我们在赚钱的同时能坚持使命，我相信一定可以两全其美的。"我重申了我们的宗旨。

"可是，现在最重要的不是我们的实际使命，而是销售产品！公司的目标是保证时代华纳的股东利益。黛博拉，我认为你很伟大。可是，现实点儿，现在这么做毫无意义……”

卡罗正说着，艾伦走进我的办公室，说：“没有打扰你们的谈话吧。”

卡罗起身准备离开，说：“没有没有，我正要走。”

艾伦站在桌前，看着我身后的书架。书架上放满了教育、养育孩子以及商业方面的书籍。

她问道：“你为什么摆这么多书？把这里搞的像个图书馆一样，一点也不像办公室。”

我没有回答，直接问她找我有什么事。

她说：“没事，只是来确认一下关于强生公司我们已经达成了共识。任何牵涉到他们公司的业务都必须经由我批准。周末愉快！”

“现在最重要的不是使命，而是销售产品。”卡罗的话在我耳边回荡。我怎么如此天真！还以为可以在赢利的同时通过影响新妈妈而帮助孩子。正是因为这个想法，我当初才会对这份工作那么感兴趣。

我翻开笔记本，在顶行写道：“学校”，页面中间用简单的线条画了一个人——一个小孩。然后在小孩的周围勾勒出一些小圆圈，将每个圆圈用直线与小人连起来。最后，我在每个圆圈里写了一个词：爱心、书籍、价值观、自信、天性、贡献、品德、好奇心。我认为要养育一个身心健康的孩子，家长和老师们要重点关注这些方面。

在这里工作了半年，我却一点也不开心。

接下来那一周，我和我的朋友伊兰一起吃了个早餐。我向他倾诉：“得到这份工作确实很幸运，可是这份工作并不能让我实现抱负。我觉得这种公司环境并不适合我。我希望能为孩子们和妈妈们做些事情。"

伊兰是位财务主管，但他的人脉很广，而且十分乐于助人。听了我的想法，他说："我有一个朋友在《芝麻街》（美国一个很受欢迎的儿童节目）工作，他们公司更加专注于帮助孩子和母亲，相信在那里工作你会更开心。我有机会打个电话给他。"

假期即将来临。一天，上班时间，迈克尔召集了整个高级管理团队，他要送给我们每个人一个小礼物，礼物就是他购买的斯托本玻璃动物摆件，而不同的动物代表着他对每个人的看法。他送给艾伦的是公牛，送给编辑的是天鹅，送给我的则是猫头鹰，我并不觉得这是赞扬。

临近新年的一天，迈克尔把我叫进他办公室，对我说："黛博拉，很抱歉，我觉得这个岗位并不适合你。"他是对的。我提出了一个可能对我和公司都有益的缓慢过渡："您看这样行吗？我继续工作到春末，完成手上的这些项目，同时找工作。"迈克尔答应了："听起来很好。"

很好？我已经36岁了，事业上不成功，没有其他工作，乔尔也还没有脱离危险，我一点儿也不觉得很好。

就在我最需要帮助的时候，伊兰把我介绍到《芝麻街》工作。他们刚好需要一个人来领导出版部，包括负责《芝麻街父母》杂志的出版工作。我喜欢为关注需要关爱的孩子们的公司工作。说到快乐学习和为低收入家庭的学龄前儿童提供学习机会，《芝麻街》是走在前沿的。

1999年春天，我开始在《芝麻街》的出版部工作。孩子们在学校表现很好，乔尔的身体也好多了。当然，我们对未来的生活并不确定，也害怕癌症会卷土重来，再次降临到我们头上。但已经过去十个月了，乔尔的病情一直在好转。我们坚信暴风雨已经过去，新的一年一定会有新气象。

我期待着去《芝麻街》工作，这家公司的历史让我备受鼓舞。我尤其钦佩《木偶电影》的创作人——已故的吉姆·汉森。他还扮演过厄恩和可米特的角色。在到《芝麻街》工作之前，为了支持自己的梦想，他曾经在广告界工作了许多年。去世之前，他说："很高兴我离开了广告界。"我太理解他的感受了。

毫无疑问，《芝麻街》录用我是希望我能把出版部建设得更加成功，带来更多利润。但这份工作真正让我兴奋的是我有可能影响这个全世界最受欢迎的品牌之一，让这个公司做更伟大的善事。我迫不及待地开始想怎么才能让杂志跳出家庭旅行、饮食和行为准则等这些老掉牙的内容，而是给家长提供更多实质性的建议。

刚去《芝麻街》工作的那几天，我在笔记本上写道："当今的家长面临着极大的挑战。来势汹汹的媒体信息美化了物质主义，过分强调外表，宣扬一时的满足感，这些都在不知不觉中影响着我们的孩子。"写完后，我看着这页纸，心想：这又不是在写论文，应该写得简单易懂一点。我把纸撕下来揉成一团扔进垃圾筐，重新写道："指导家长养育能为社会做贡献的秉性优良的孩子。"我把这页纸撕下来，把这一愿景贴到办公桌旁边的公告板上。

可问题是，提出这些想法并不是我的职责。我的任务是让杂志赢利，因此，我努力专注于手头上的业务。

我增设了区域营销办公室，调整了人员配置，还与巴诺书店、凯玛特（美国零售公司）及怡拓零售公司的新网站谈好了一些联合推广活动。几个月来，我一直在问自己：还要多久我才可以开始做那些真正有意义的事？

没过多久，公司的贸易报告显示《芝麻街》的业务成绩上有了显著提高，销售量、收益及市场份额都增加了。我的团队备受鼓舞，我们举办了一场派对来庆祝这一好消息。

大家还在庆祝的时候，我默默回到办公室，凝视着依然贴在公告板上的愿景宣言。不知为什么，这派对让我感觉更加糟糕。业务上的成功令人欣喜，可问题是我根本不在乎这个。

我拿出笔记本在上面写道"像教育家一样养育孩子"，然后抬头看着挂在墙上的吉姆·汉森的海报。在《芝麻街》最辉煌的那些年，他有幸和公司一起奋斗，他们的确改变了世界，我多么希望自己当时也是其中的一员。

我坐在办公室里，俯瞰林肯中心，感到彷徨、沮丧。我该怎么办？我能向谁倾诉？

"关注儿童"组织的乔纳·爱德曼曾经向我提起过他们董事会的主席杰弗里·卡纳达。他在哈莱姆（美国纽约市曼哈顿岛东北部的黑人居住区）负责一个社区组织。那晚，我在办公室给他打了个电话："你好，杰弗里，我是乔纳的朋友，听他提起过你的工作中有许多了不起的事迹，不知我是否有机会拜访，深入了解你的工作内容呢？说不定我可以帮到些什么。"

几天之后，我去了杰弗里位于哈莱姆的办公室。他与我分享了一些为了给低收入家庭提供更加全面服务而制订的计划，我当场捐了一笔钱，后来又送去了几箱《芝麻街》生产的玩具。杰弗里让我深受鼓舞，我又要求在他们进行活动的时候去看看。他告诉我，他们新启动了一个家长培训项目，我立刻要求去观摩。"欢迎，你可以任何一个周末来。"他的欣然同意令我欢呼雀跃。

那个周六，我坐火车去哈莱姆，大清早就到达了培训场地——当地一所公立学校。一些准妈妈和推着婴儿车的新妈妈们陆续来到学校，参加这场关于儿童发展与教育的研讨会。

我想和那些家庭有更多的接触，所以告诉杰弗里我也想参与到这种活动中，他保证会找机会让我参与进来。

6月的一个上午，我正在吹头发，乔尔突然说他觉得不太舒服。我一开始没太在意，继续吹着头发，问他："怎么了？"他静静地说："不知道，就是觉得很难受。"我立刻关上吹风机过去看他，他说："我觉得特别难受。"

那天结束前，证实旧病复发的危险不再只是潜藏，乔尔的白血病已经复发了。

那一年的痛苦治疗宣告失败，这次，癌细胞扩散得更快了。乔尔的父母决定马上把他转院至位于休斯敦的安德森医院，那是全美最大的癌症医院。

一年前，乔尔告诉我，他可以撑过这一次治疗，但他最害怕的是癌症卷土重来。他担心自己无法再次承受这一系列的化疗、脊椎穿刺和住院。

想到这一切，我的心都要碎了。

我也想搬去休斯敦陪着乔尔，可是我不能。现在，孩子们最需要的就是稳定、正常的生活。但我还是打电话给乔尔的医生和他讨论搬去休斯敦的可能性。

我说："也许我可以请一段时间的假，他们会理解的。"

医生却直截了当地说："他们不会理解的，你不能这么做。除非你在公司工作已经长达十年，才可能休长假，可是你才刚入职。"

就这样，乔尔躺在将近两千英里之外的医院，一群陌生的肿瘤学家带着他做了更多的检查。我一有空就飞去看他。医生告诉我们只有骨髓移植可以救他，于是我们全家都做了血型检测，结果只有乔尔的父亲和乔尔的血型相符，他过去的一年一直陪在乔尔身边。

手术后，医生说只要在接下来的一百天内癌症不再复发，手术就算成功了。在这期间，医生每天都给乔尔验血，还让他住在独立的病房以防感染。

每天晚上下班，我都冲回家去给乔尔打电话。日子就这样一天天过去，一天天接近成功。我每天都向上帝祈祷，离成功只剩下三十多天了。

夏末的一天，我像往常一样给他打电话。他接起了电话，我满怀希望地问："今天过得好吗？"可他几乎说不出话来。检查结果不好，我们最后的希望——这次手术失败了。我立即预订了下一趟飞往休斯敦的航班。

第二天，当我走进病房的时候，乔尔的眼睛一亮。我忍住泪水，微笑着走向他。我已经习惯了每天工作和带孩子的时候用微笑掩盖内心的恐惧和焦虑。乔尔轻声对我说："过来和我一起躺下。"

我走过去，和他一起躺在病床上，我向他保证情况会好转，告诉他，医生会找到别的治疗方法。其实我只是拒绝面对现实，也不想让他看清现实。看着自己心爱的人一步步逼近死亡，这种痛苦无法形容。

主治医生告诉我和乔尔的父母有一种试验性药物也许可以救他，但这种药物的药性很强烈，而且没有得到官方批准。我们能不能让乔尔使用这种药呢？药物的潜在副作用可能会导致死亡。他们曾在三个人身上试验过这种药，只有一人成功活下来了。但这是唯一的机会了，所以我和他父母都同意了。我们别无选择，现在能做的就是抱着一线希望等待结果。

接下来的几个月，我在市区、家里和休斯敦的医院之间穿梭，边工作边照顾孩子，还要去医院看乔尔。我天天都祈祷奇迹发生。

虽然工作上的事对我来说已经并不重要，但我的工作进展得相当顺利。公司老板宣布她即将离开《芝麻街》去杂志贸易协会任主席一职后，公司便决定晋升我为出版小组的主管。

每天早上，我只能在洗澡时哭泣，然后若无其事地送孩子们去上学，在开车上下班的路上，我会忍不住在车里哭泣，但在公司，我都表现得很专业，没有人知道我在经历的这一切。

不知不觉，感恩节就快到了。为了和乔尔一起过节，我们一大家人都去了休斯敦。我们在医院附近租了一小间公寓，年满11岁、9岁、8岁大的孩子们，乔尔的父母，兄弟姐妹还有我一起住在公寓里。试验性药物令情况更加糟糕，我们眼看着乔尔的健康每况愈下。

12月底的一天，医生打电话叫我立刻去医院，他说乔尔住进了重症病房。

我到达重症病房的时候已经是午夜时分，病房里一片寂静黑暗，只有闪烁的灯光和机器轻柔的嗡嗡声。医生走过来，站在那里沉默片刻后说："真的很抱歉，我们已经尽力了，可是实在是没有办法救你的丈夫。"

我面临着一个痛苦的抉择，在乔尔生命的最后时刻，我是陪在他身边还是飞回家陪着孩子们度过这艰难的时刻？我的心都碎了，可大家都认为我此刻应该在孩子们身边。

医生离开病房后，我几乎瘫倒在地。我紧握着乔尔的手，亲吻他的前额，在他耳边说："我爱你！"眼泪止不住从脸庞滑落。我当时脑子里只有一个想法：我多么希望躺在病床上的人是我啊！

第二天是12月23日，孩子们都放假回家了。我知道电话响起的那一刻就是乔尔生命终结的时刻。当电话终于响起的时候，我不愿意接，我都不知道是如何逼自己拿起听筒的。电话那头并没有说话，时间仿佛都停止了。乔尔的哥哥强忍住泪水，向我宣布了这个18个月以来我一直惧怕听到的消息："他走了。"

那一瞬间，地球停止了转动，我们的房子也变成了一具没有灵魂的躯壳。

我把孩子们叫过来，紧紧抱住他们，一动不动。真不敢相信事情就这样发生了，我该怎么办？我该怎么告诉孩子们？

我终于开口了："爸爸去世了。"我看着孩子们伤心、困惑的样子，紧紧拥住他们说："在这个世界上，爸爸爱你们胜过一切，他会在天堂上看着你们，他依然爱你们，我也一样，你们的祖父祖母叔伯姑婶也都爱你们，一切都会变好的。"

我嘴上这么说，心里却一点儿也不认为一切会变好，我认定自己的人生已经随着乔尔的离开就此结束了。

我们一家人来到位于弗吉尼亚州麦克莱恩市的乔尔哥哥的家里，这里也是乔尔和他四个兄弟姐妹长大的地方。那天夜里，乔尔的兄弟们在壁炉里燃起一堆火，我们围在火边写追悼词。大家一次次把写好的草稿扔到火中，边写边哭，又把纸巾扔入火中，都觉得很难用一段演讲概括乔尔的一生。

几个小时后，我们醒过来，就该去葬礼现场了。当我们走进现场，看到乔尔的棺材，我仍然无法接受这个事实，不由自主地看看孩子们，他们那么天真无邪，爸爸的离去却让他们那么悲伤。我依旧不敢相信乔尔就这么走了。

葬礼开始了，我们一一就座。首先上台悼念乔尔的是他的哥哥大卫。他说："乔尔一直想成为一位无所不知的人，但就算是在打牌的时候你没有注意他，他也不会作弊的。"丹尼尔说："无论你在做什么，只要有乔尔的帮忙或参与，你就知道事情一定会变好，而且事实亦是如此。乔尔会用他特有的方式来赞美每一个人。"乔恩向我们讲述了他一直以乔尔为榜样。乔尔的妹妹萨拉则直接对着孩子们说："你们的爸爸深深爱着你们，这种爱是世上最强烈的爱。他曾经非常非常努力地想要活下来和我们在一起。"

我最后一个上台讲话。我几乎无法呼吸，也无法站立，但我知道自己必须上去讲话。我慢慢地走上讲台。我很害怕一张口说话就控制不住情绪，连头也抬不起来，但大家都在台下看着我，等我说话。最后我终于张口了。这是我前一晚写下的悼词：

"乔尔的一生根本无法仅仅用语言来歌颂。乔尔是超凡脱俗的。他是那种少数为了追求更高理想而生的人。没有语言可以表达出他的价值……"然后我继续讲述了他是如何聪慧过人、宅心仁厚、虚怀若谷，并且极富创造力。

追悼会结束的时候，现场播放了吉米·亨得里克斯唱的歌曲《天使》。乔尔生前很喜欢亨得里克斯，而且我们都觉得他俩有点相像。

到达墓地的时候，我还是无法接受这一切，这些墓地明明都是为老人预备的啊。看着棺材慢慢下降到地底下，我感觉这个场景那么不真实；和孩子们站在一起，指挥他们背诵传统的哀悼祷告词的时候，我也感觉像做梦一样。葬礼后的一年内，我每个安息日都会带孩子们去犹太教会，让他们背诵哀悼词，同时我还希望他们能通过教会和乔尔获得某种联系，也获得心灵的慰藉。

葬礼后，我不记得是谁叫我上了车。于是穿着一袭黑色针织裙和黑色高跟鞋的我牵着孩子们走过泥泞的草地。我从车后窗看到虔诚的表亲们一边亲手捧着泥土为坟墓填土一边祷告，我好想跳下车去，我想象自己飞奔回土堆，和乔尔一起躺在地上。

我完全不记得是怎么回去的，只记得屋子里挤满了人，我的脑子一片迷糊。我走进厨房，乔尔的父亲倚在橱柜旁。

　　我问他："我们现在该做什么呢？"

　　他说："我刚刚也在想这个问题。"

　　第二天，我们回到威斯彻斯特的家中，表亲们都在家里，做了卤汁宽面当晚餐。接下来的一周，我的朋友、老师、前男友、亲戚都来了，感觉整个世界都赶在七日服丧期（犹太教在人去世后哀悼的前七天）来探望我。曾经在夏令营中的朋友也从全国各地飞来看我。我们白天追忆乔尔，夜里祷告，祷告声像韵律一般充满整个房子。

　　第三天晚上，连警察也被惊动了。他们看到这一带停了许多车、来了许多人，所以来看看是不是出了什么事。

　　我的妹妹艾丽莎初次怀孕八个月了，还忙着陪家里人和朋友聊天。我母亲忙着照顾三个孩子和我们的一日三餐。父亲和叔叔负责修理房子里坏掉的东西，比如从门上整个脱落伸出平台的纱帘、女儿们卧室无法关上的门和厨房里漏水的水龙头。曾经，乔尔是那么心灵手巧，他什么都会修，可是在他生病的那18个月里，屋里许多东西都坏了。他们看到房子破成这样，跟我说："你要好好保养你的家啊，小洞不补，大洞吃苦啊！"我根本无心听，只记得自己麻木地回应说："只要不是人出了问题，我现在都没心思去想。"

　　2000年年初，那段时间对我来说还像在做梦一样。孩子们和我应该要回到正常的生活了。我知道，对孩子来说最利于身心发展的方式就是保持正常的生活，所以我想让他们回去上学。这段时间一直没空去购物，所以早餐只能吃脆谷乐加牛奶。我强迫自己什么也不想，只是把注意力放在孩子们身上，我是他们的母亲，就应该照顾好他们。我告诉自己，我们可以的，我们要继续生活下去，孩子们要去上学了。我把孩子们送出门，微笑着和他们挥手告别。校车开走后，邻居们走过来，再次表达他们的遗憾之情并同情地看着我。我对他们的关心表示感谢，然后回到屋里。

我径直走进屋里、上楼、走进卧室。这是自乔尔离开后我第一次独处。我感到难以呼吸，大口喘着粗气，脑子开始感到眩晕，然后突然倒在地上哭泣，一遍遍喊着乔尔的名字。我哭了几个小时，整个身体都瘫在地上站不起来了。没有乔尔，我该如何生活下去啊？

尽管七日服丧期已经结束，但还是不断有人来看望我，想帮我走出悲伤的情绪。他们通常会送我一些关于情绪恢复与他人如何克服痛苦的书籍。我不喜欢"悲伤"这个词。我觉得我的悲伤弄得大家都在围着我转。大家都想帮助我，这让我很感动，但他们不会理解我的心情，我根本不在乎心情的好坏。他们送我的那些书我一本也没翻开过。我只希望能和乔尔互换位置，让他活过来。所以，除非有本书可以让我的这个愿望实现，否则我都不会感兴趣。

为了让孩子们记住他们的父亲，我会不断地提起乔尔——常常称赞他，也会说一些小事情让孩子们了解他，比如他喜欢吃哪些蔬菜。瑞秋那年八岁，一天放学，她给我看了一首她在三年级班里写的关于乔尔的诗。里面这样写道："没有他，叫我如何生存？生活原本如此美好，奈何现实如此灰暗。"我觉得瑞秋准确地写出了我们的感受。

艾维当时上五年级了，他们班在搞一个"时间舱"的活动。老师给每个学生布置的任务是：让父母分别给自己写一封信。在他们八年级毕业的时候，才可以打开这些信。

我在信里告诉艾维："儿子，不管你以后做什么，请记住，只要你的人生是基于永恒的价值观，比如诚实正直、乐于奉献和同情他人，你就会感到快乐。爸爸给你做了个很好的榜样，但这不容易，所以你要在自己的人生中做到这一点。这看上去很容易，做起来可不那么容易。大部分时候，这个世界可能会让你产生错误的理解，认为只有富有、出名或漂亮才能得到快乐，但这些东西都是肤浅空洞的，你的灵魂根本无法从中得到满足。"

我想到几年后，当他在八年级快毕业时打开这封信，他的朋友们都会读到两封信，而他只有一封。于是，我在里面加了几句："爸爸和我都以你为傲。我说'都'是因为虽然在这个现实世界中，爸爸没有和我们在一起，但他一直在精神世界里看着你。"

每天早上起床，我都觉得自己熬不过今天，可是每次都熬过去了。尽管我从未想过要自杀，但的确有那么一瞬，我会觉得只有死去才能让一切痛苦都结束。一些医生和朋友曾经建议我进行药物治疗以减轻这种痛苦，但我不相信药物，所以我尝试了跑步。跑步确实对我有一点点帮助，但当我每天早上跑步的时候，脑子里仍然充斥着同样的想法：我希望乔尔活过来。

只有每晚和乔尔的兄弟通电话能让我感觉好一些。丹尼尔和乔恩会给我讲乔尔小时候的故事，我则给他们讲结婚这十二年来发生的事。不管怎样，乔尔的兄弟们和我一样爱他，和他们一起谈论乔尔的确帮我度过了那些难熬的日子。

晚上我很难入睡，所以我会看书至深夜，直到上下眼皮打架。周末，我带着孩子们去图书馆或书店，每次也会给自己挑选几本书，通常我浏览的都是教育及商业方面的书籍。最先令我感兴趣的书是乔纳森·科佐尔写的《奇异恩典》和《野蛮的不平等》。这些书的内容都与美国生活在贫困中的孩子们有关。我以前就知道在贫民窟的公立学校并不好，但科佐尔通过令人震惊的、生动的细节描写把这些学校的情况栩栩如生地展现在我面前。他书中描写的孩子已经意识到社会的不公平。在《奇异恩典》一书中，一个小女孩说："我们的学校是你能想象到的最差的学校。"书中，这些孩子还讲述了自己在危机四伏的糟糕的社区学校中感到多么彷徨无助。

一拿起科佐尔的书，我就被深深吸引，想要一口气读完。

书里有那么多可悲的故事。其中给我触动最深的是《野蛮的不平等》中的一个故事。一个来自东圣路易斯的名叫克里斯托夫的男孩对科佐尔说他认为马丁·路德·金白白牺牲了。他说："你既然问起有关马丁·路德·金的问题，那我就说说我的看法。对于我和我认识的小孩来说，他那些关于'梦想'的演讲没有任何意义，他白白牺牲了。他那么出名，他活着的时候到处演讲，然后他死了，消失了，可我们还处在这种不公平中。不要跟这学校里的学生说什么'梦想'。"这是我听小孩说过的最让人伤心的话。虽然他在富有的国家成长，却在小小的年纪就失去了所有希望。

克里斯托夫和其他孩子的故事让我想到了自己的孩子。作为一个突然守寡的年轻母亲，我读过许多年轻母亲的故事，她们当中很多也是独自一人带着孩子，我感到和她们有某种联系。

当然，我和她们不同，我有幸获得了一些优待，比如由于碰巧出生在殷实的家庭，我接受了良好的教育，然后又让我有机会给孩子提供同样的机会。乔尔和我可以选择在配备了优质学校的社区买房子，这确保了孩子们能接受高质量的教育。科佐尔书中的那些父母也希望给他们的孩子同样良好的教育，为什么他们不能拥有和我一样的选择权？这一点也不公平，这是不对的。

乔尔去世已经好几个月了，每个人都不断地安慰我说"时间会治愈一切痛苦"，可我的痛苦根本没有减轻。又一个不眠之夜，我翻开维克多·弗兰克的经典著作《活出意义来》。弗兰克是一名精神病学家，主要研究身体病痛与精神态度的关系。他曾被关押在纳粹集中营。他在书中写道："我们需要停止追问人生的意义，而把自己想象成被人生追问的人。要让绝望的人明白，我们想从人生中获得什么并不重要，重要的是人生对我们的期待。"

人生期待我们做些什么？这个问题帮助了我。自从乔尔去世后，我读了许多书，也听了许多人的开导，而这个问题直击我的心房。这么久以来，朋友们都想让我情绪好起来，但我自己根本不在乎情绪的好坏。弗兰克的这个问题唤起了我内心更深层的东西，那就是一种内在责任感。

读着读着，我确信人生希望我可以克服自己的痛苦，去帮助那些承受着更多苦难的人们。我想帮助克里斯托夫和科佐尔书中写到的其他孩子，而且我开始肯定这就是人生对我的期待。以前夏令营里的辅导员也常常说"我要为这项事业做贡献"。但我能做什么呢？

我的第一通电话打给了一家破旧的妇科诊所的主管。七日服丧期结束后，我们曾把多余的食物都捐给了诊所。我和那位主管约在扬克斯见面，她满怀信念地给我讲述了她们的工作的重要性。第二周，我去耶鲁儿童研究中心拜访了詹姆斯·科默博士。第三周，我去见了文森特·方塔娜博士。方塔娜博士在纽约弃婴医院首次提出防止虐待儿童。然后我又去华盛顿见了李·肖尔。我非常喜欢他写的两本书：《我们可以做到》和《共同目的》。

接下来的一个月，我探望了位于时代广场的一家流浪者收容所和布朗克斯的一个粮仓。我遇到许多伟大的母亲。她们都抚养着孩子，有的在努力克服巨大的经济困难，有的要躲避暴力的丈夫，还有的要与毒瘾作斗争。这些母亲和我一样，都想给孩子们提供良好的条件，只是她们注定命途多舛。

周末，我还是会带孩子们一起去巴诺书店或图书馆。我选的书都是关于教育、商业和儿童发展的。每天晚上，我都看书到凌晨两点半或三点，看看那些社会企业家在面对社会上最棘手的问题时，是如何想办法改善这些问题的。

弗兰克曾提出问题："人生是为了什么？"对于这一问题，我思考了一段时间。现在我开始问自己：我的人生是为了什么呢？

想到这些书中提到的人物、我去探访过的那些地方以及我遇见过的人，我得出了一个不同于他人的答案：教育。

　　我在书中看到了那么多社会问题，也亲眼见到一些社会问题，而教育是唯一一个可以解决这些问题的办法，所以它很有影响力。失去了教育的机会，就会像科佐尔书中那些小孩一样失去希望，就会有像克里斯托夫那样的孩子觉得马丁·路德·金是白白牺牲了。

　　如果我关心社会公平，就应该把自己的悲伤放到一边，去做些自己力所能及的事情，以帮助像克里斯托夫一样的孩子。

第 3 章

给教师充分的自主权

People, Not Product

我每天一早醒来就会想到克里斯托夫和数百万像他一样被困在糟糕的学校的孩子。不知道克里斯托夫的妈妈是怎样的心情。当她每天早上目送孩子去糟糕的学校上学时，心里是不是感到很难过，是不是希望自己能为孩子提供更好的条件呢？

为什么这些孩子的学习环境不能得到改善？

为什么美国的学校如此大规模地失败？

在美国，没有一个城市学区的全体学生可以达到该年级应有的水平。

其实，每个城市里都有几所不错的公立学校，比如纽约市哈莱姆区的斐德立克·道格拉斯学校。但问题是这些好学校是极个别的特例。

怎么才能解决这个教育问题呢？我认为这并不是靠某个人来创办一间好学校就能解决的问题，我们需要彻底改变整个公立学校体制。

1992年，为了改变整个公立学校体制，媒体企业家克里斯·惠特尔启动了"爱迪生项目"。作为一家经营学校的营利性公司，爱迪生公司自创办之日起就备受争议。惠特尔对政府独资的公立学校发起了一种直接的挑战。

我对这个项目感到十分好奇，于是就去位于曼哈顿市中心的爱迪生总部参观。当时已经是下午六点多了，可办公室里依然忙忙碌碌，大家干劲十足。克里斯迎接我并介绍我认识了本诺·舒密特。值得一提的是，克里斯曾劝说本诺辞去耶鲁大学校长一职，到爱迪生公司任董事长。

到2000年，爱迪生公司已成为美国公立学校的最大私有运营商，由爱迪生公司经营的一百多家学校遍布了美国的21个州。这些学校已有了较大的规模，也取得了较大的成功，这让大范围的学校改革成为可能。克里斯在广告宣传中将私营公司进行了类比。他是这样说的："联邦快递都拥有99%的高交付率，可在美国极度贫穷的社区，只有29%的孩子能达到应有的教育水平。"他还说要在教育研发上加大投资并促进教育创新。

克里斯告诉我，爱迪生公司已经与公立学校校区和董事会签订合同，负责开办两种公立学校：合约学校与特许学校。我问他两者之间的区别在哪里，他向我解释说：合约学校就是雇用营利性公司来管理传统的公立学校，但合约学校的老师仍然加入教师工会。照这么看，这种形式的学校实在是难以改变原有的教育系统。

然后，他又给我讲解了特许学校。

1991年，明尼苏达州通过了第一部特许学校法律。法律规定特许学校是不受工会规定约束的公立学校，但必须对教学结果负责。如果不能实现其教学目标，州政府将收回特许权并关闭学校。特许学校避免了繁文缛节的官僚作风，完全尊重企业家精神、自由办学和教学效果考核制。

听到克里斯对于特许学校的描述，我被这一想法吸引。这不就是我所想的吗？只有这种做法能从根本上改变教育体制，而且我的愿望不就是改变教育体制吗？坐在那里听着克里斯讲述特许学校运动，我忽然觉得这就是人生对我的召唤。

我问他："纽约市有没有特许学校？"他说有，纽约不久前开办了几所特许学校。

克里斯的意思很明确：这项新运动如今规模虽然不大，但它必将永远改变美国的公共教育。

然后，他邀请我加入爱迪生公司。

我很快进行了登记。大约在一个小时前，我才和克里斯见面，而现在他已经开始描述我的工作职责了。

我非常乐意加入特许学校，爱迪生公司虽然是向公共实体汇报工作，却还是经营学校的营利性企业，想到这一点，我有点犹豫。

虽然许多人反对爱迪生公司，但克里斯说，公司的这种私营地位让他们享有灵活的办学方式，可以给学生们提供更好的教育，而这才是教育之本。同时，教材出版商、校车公司和餐饮服务商每天也能从学校获利。

克里斯的团队很棒，由一群受人尊重的教育家组成。爱迪生在特许学校这一领域是先驱，克里斯也是一位开拓者。他很有远见，对整个教育体制的改革已有宏伟的计划，而且鼓励我参与其中。

现在，我有机会和一群有干劲的人一起工作，有机会学习到教育改革的相关知识，而且可以在挣钱的同时为学校改革做贡献。至于其他的事情，以后再说吧。

加入爱迪生公司后，我接到的第一项工作就是协助公司一个新成立的小组获得与纽约市四所学校合作的合同。我当时完全不知道这次工作将让我有机会了解工会政策。2001年年初，纽约市长朱利安尼宣布：为了管理纽约市最差的十所公办学校，政府会向私立学校征集方案。私立学校提供更长的学时、私人辅导，并且有一种紧迫感，因为私立学校一旦没有做出教学成绩就会被关闭，所以市长也确信这些私立学校可以帮忙改善那些长期失败的学校。教师工会对朱利安尼的提议相当愤怒。

爱迪生公司的首席运营官克里斯·瑟夫负责与教师工会进行协商。他告诉我："教师工会的人相当狡猾。他们是全国最懂国家政策也最有公共关系头脑的人。他们每天绞尽脑汁想着如何扼杀特许学校运动。他们只顾自己，完全不顾孩子们，天知道工会法律毁了多少孩子的人生。"

一位在马里兰州爱迪生学校的校长对我说："这些人没有一点同情心，他们甚至花钱雇人假装是当地社区的家长代表，站出来进行抗议。"对于他的话，我半信半疑，但很快我就能亲自了解实情了。纽约市有一千多所学校，我实在不明白教师工会为什么要大费周章地极力反对建立一些优质学校。

我从内部观察了教师工会反对特许学校的整个过程，实在令我大开眼界。当爱迪生公司去艾尔·夏普顿的哈莱姆总部参加新闻发布会的时候，我站在后排听到夏普顿当场直言他反对爱迪生项目。我亲耳听到克里斯·瑟夫与记者的对话，记者告诉他：工会安排了几千部自动语音电话来误导学生家长，让他们相信爱迪生公司管理的公办学校将收取学费。我从三楼一间教室的窗户看到一所失败的公办学校的工会教师假装是学生家长，举着"家长抵制爱迪生"的抗议标语引起媒体关注。广播公司的摄影车一走，他们马上回到学校开始工作。教师工会是那么狡猾、那么有势力，并且组织有序，对他们来说，要破坏市长的计划轻而易举。

我以前很信任工会。我的夏令营指导老师大都是自由主义者，还有一些是社会主义者。我们都支持善待工人和被剥夺公民权的人。

在这样的价值观环境中成长，我从未想过这种思想体系会给低收入家庭儿童带来不公平的对待。但经过这短短的几个月，我对工会政治彻底绝望。

斐德立克·道格拉斯学院的创办人萝瑞·孟洛在她的著作《一切皆有可能》中写道："教师工会令每一位校长头疼。这些教师会整理并上交上一年教师提出的近百条投诉，让校长忙于参加各种听证会。"她在书中还说："上课时间，孩子们在走廊里跑来跑去，播放着自己的手提收音机。"教师工会不让校长雇佣自己想要录用的教师，也不让他们开除不称职的老师。

教师工会还规定长期聘用制。一旦授课满两年，这些老师就有了铁饭碗，不论表现好坏都不会被开除。教育改革者喜欢把这些老师描述为"一劳永逸"。不管学生的成绩如何，这些"一劳永逸"的老师都不会丢工作。而且他们的工资只和资历有关，与教学质量和学生成绩毫无关系。

克里斯还告诉我，工会花了好几百万美元来讨好政治领袖，并以"正当法律程序"和公平的名义对想开除不称职老师的校长进行法律诉讼。（说什么公平，这样对孩子们公平吗？）如果有工作积极的老师想在课外时间给学生一些辅导，那就对不起了，工会规定是不允许这么做的。

我多次听闻一些老师想要辅导学生，三点以后还没有下班，却因此受到工会代表的责骂。这种额外工作被他们看作"坏榜样"。还有一些老师告诉我，他们想利用课外时间提高自己的教学能力，但又怕被工会抓到，于是只好和同事一起在一些咖啡店里组织秘密学习小组。

工会的这些规定让公共教育体系中的老师更加不负责任。这种体制让学校无法实现优质的教育，简直是在浪费孩子们的人生。这在道德上真是让人难以接受，而爱迪生项目的工作人员决心以实际行动来改变这种体制。

为了发起爱迪生项目，克里斯集结了全国最聪明的一些人来设计能满足需要的学校模式。他们用了两年时间去吸收最新研究中的精华、审查课程设置、讨论最有效的安排。结合了所有数据，大家构思出了爱迪生项目模式。

爱迪生项目的理想是："让人人都有自由，并坚信学习是个人成长和社会发展最可靠的道路。"在项目的宣传册里，他们的崇高理想和远大蓝图被描述为运用尖端科技、实施个性化教学。

整个项目让人觉得不可思议，从理论上说，要实现这样的设计确实很难。项目的创始团队在学校设计中规划好了每一处细节，但这也意味着整个学校包括课程、师生比例、教材、作息表、人员结构等各个方面都已经计划好。

诸如爱迪生项目的其他学校都会说自己的学校设计是基于研究结果并已经过验证，我却不这么认为。这些学校可能算是"经过验证"，但如果没有教师的参与，这是没有任何意义的，它只是设计团队的一厢情愿，他们已经做了所有决定。尽管他们会通过培训将规划好的内容传达给老师们，但学校仍然只是他们的设计。

这种上传下达的方式直接违背了我认为极其重要的要素——教师自主权。许多教育改革者也说他们提倡授权，但我渐渐明白，他们所说的授权通常是指授权给学校或校长，而不是授权给老师。

几个月来，我向爱迪生教育团队请教了许多问题，并把握每一次参观学校、参加培训会议的机会。由爱迪生公司运营的学校的确比其他学校好一些，报告也显示他们运营的学校里的学生成绩平均每年提高4%。但经过对课堂的观察和与教师、校长的交流，我发现他们构想的学校设计与事实情况还是有差距的。

比如说，学校的设计团队推行了一项"让所有老师成功"的教学计划，即在读写课中强行规定老师们上课时应该说什么、做什么。我在不同课堂旁听了几个小时，然后开始询问老师们对这一规定的想法，一些老师表示喜欢，另一些则觉得难以忍受。

一位个性直爽的年轻女老师告诉我她在加入爱迪生学校前曾在费城校区的学校工作过三年，她说："这个规定实在让人郁闷，我不喜欢照着讲稿教学。有好几次，早读的时候我听到一个孩子读得不对，我自己知道应该怎么帮助他改正，但学校规定我们不能脱离讲稿。"

我又问了两个刚上完读写课的老师的意见，引起了他们的激烈讨论。资历老一点的那位阅读老师说："这项规定让我无法实现高水准教学。"但他的同事反驳说："嘿，至少我们不需要花时间来备课了。"

我向教务主任询问她对这一规定的看法，她平静地告诉我："这个规定可以防教师。""防教师？""是啊，把要讲的内容都写出来，即使是那些我们无法开除的教学水平较差的老师也不会出问题了。"

当我向老师们问起学校其他方面的安排时，老师们的意见同样存在分歧：一些老师喜欢数学课的设置，另一些则很反感；一些老师认为威尔逊阅读课对于辅导阅读很有效，但其他老师在接受各种教学培训项目时则认为这些项目可以做得更好。不管意见如何，这些老师都没有自主权，他们无法决定自己的教学方式。

这个问题不仅存在于爱迪生学校。我越是对教育深入研究、越是和教育改革家们交流，就越发现老师们完全被学校摆布了，没有一点自由，不管是在学区学校、特许学校还是爱迪生项目的学校，都是这样。每年，老师们都要接受各种最新潮的或者所谓的"综合改革"教学培训，他们就好像机器一样。

我对这种"学校设计"的办学方式实在不能苟同。不是说爱迪生项目对学校的设计有问题，而是这种由少数专家开发、教师只需照搬的简单的上传下达的学校设计概念是绝对行不通的。

我在日记中写道："教育革命应该自下而上。"

简单的复制无法解决公共教育的问题，这一点对我来说再清楚不过了，但不知道为什么，教育研究始终将注意力放在如何照搬优质学校成功的共同要素上。然后研究结果就是要有"远大的目标、强大的领导及高质量的指导"之类的陈词滥调。

这让我想起了那些周日橄榄球之夜的赛事评论员。乔尔戏称他们为"废话大师"，经常调侃他们。他会模仿播音员的声音说："要想赢这场比赛，球员们就要积极地传球并完成一系列配合。"

大部分教育学者指出，教育项目中最重要的一些方面包括：小班授课、因材施教以及根据具体情况对课程做出具体安排。他们这些说辞都是针对如何修正教育项目，即产品。

著名的现代管理学之父彼得·德鲁克写过一本书，书名是《21世纪的管理挑战》。这本书清晰、系统地解释了教师自主权的重要性和美国教育体系中最关键的因素，书中的观点与我的想法都不谋而合。他的基本前提是21世纪和20世纪所需的生产力环境是完全不同的。20世纪是工业经济，以体力劳动者为主，而21世纪是知识经济，以脑力劳动者为主。

德鲁克在书中说："体力劳动者需要管理者明确告诉他们如何去做，才会有生产力；但脑力劳动者只需要管理者给他们一个明确的目标和自主权，就会产生生产力。"他认为脑力劳动者的生产力中更重要的因素是劳动者的态度。

我开始思考如何将德鲁克的思想运用到教育系统中。我首先想到的是，老师们是优秀的脑力劳动者，现在却被当成体力劳动者对待。

德鲁克的书给我最深刻的认识就是：那些总是被告诉该怎么做的劳动者的能力永远得不到提高，由于没有自主权，他们还会变得被动、冷漠。这正是公立学校的问题所在。我们应当停止对老师工作的限制，把他们提升到正确的位置——作为脑力劳动者来对待。

德鲁克在书中还提到了一个来自日本的概念，即员工对企业进行持续改善。我认为这一概念对于学校同样重要。

尽管我没见过任何人在教育领域实施过德鲁克的方法，但我坚信一定有企业管理者采用过他的想法，于是我做了一些深入研究，果然在《商业周刊》中读到了一篇有关大卫·卡恩斯的文章。

大卫曾在施乐公司任首席执行官将近十年，他曾将施乐公司从破产的边缘挽救回来，他也是最早维护美国教育改革的商业领袖之一。后来在1991年，布什总统邀请他出任美国教育部副部长。

我决定要找到他。我首先尝试给施乐公司主机打陌生电话。由于他已经退休了，我也不知道他是否还会在公司，但幸运的是，他就在公司，而且接了我的电话。我和他谈论了对于日本这一商业管理理念和教育改革方法的浓厚兴趣。当得知我有兴趣了解教育改革时，他邀请我去位于康涅狄格州斯坦福市的施乐公司总部与他见面。

坐在他办公室的公议桌前，大卫给我讲述了他在20世纪90年代初为了改善国家教育体系所做出的努力。当时，他和布什政府的同事一起创办了与州长、企业家和学者之间的一种公私合作制，投资了上亿美金对优秀学校与有效课程进行研究。他们还像包装商品一样包装开发好的各种学校设计，这些设计甚至有品牌名称与商标，还专门制作了产品讲解来宣传他们的设计，希望能够吸引老师、校长和教育官员大量购买，整个过程就好像在销售产品一样。同时，为了支持这些学校设计的实施，他们还开发了培训项目和大量的支持制度。这所有的努力就是为了说服学校复制这些设计，从而改善美国的教育。爱迪生项目主要就是采用这种复制方法。

卡恩斯直率地告诉我：尽管他们设计出了许多完美的办学设计，并有质量控制系统对其进行实施控制，同时也花了大量时间、金钱和精力去宣传，可是最后他们还是未能实现远大的抱负，学校体制没有发生翻天覆地的转变。虽然出现了一些阶段性的改变，但结果是孩子们仍然受困于失败的学校，教育系统还是一如既往地糟糕。

走出卡恩斯的办公室，脑子里想着他给我讲的那些故事，我坐上车，开出了施乐公司的停车场。卡恩斯曾经号召了全国最有权力的政治、商业领袖和最聪明的人一起进行教育研究，他们才干出众、有干劲、资金充足，可是还是没能改善国家的教育情况，这是为什么呢？

究其原因，他们对待教育就像对产品一样，认为教育是可以复制的，同时，把老师当成体力劳动者而不是脑力劳动者。

在I-95公路，我把车开到紧急停车带上停了下来，拿出笔记本在上面写道："教育的重点不在于开发产品，而是培养教育人才。"

第 4 章

让人才成为核心竞争力

Providence

老师就是问题的关键所在。尽管我还没有参透具体怎么做才能改善教育系统，但我确定唯一的办法就是从人，也就是从老师入手，培养他们对教学的热情，充分发挥他们的才能。

可是应该怎么做呢？

怎样才能让美国的每个孩子都拥有优秀的老师呢？接下来的十年，我都会被这个问题所困扰。

我一直在思考怎么才能改变教育系统、根除教育上的不公平。经过大量阅读、与专家的研讨以及与老师的交流，最终，我找到了一个基本方法：我们不应该只顾着开发理想的学校模式，简单地让老师们把这种模式当成产品去复制，而应该专门为老师设计学校，设计出可以让老师充分发挥他们的才能和潜力的学校。

可是单靠思考、交谈和阅读是不能做出什么实际成果的，我必须付诸实践，通过创办一种我自己的学校体制来挑战当前的教育体制。

这是我的梦想。

可现实是：我的这种想法需要资金，我根本没有启动资金。乔尔当初没有买人生保险——我们都还年轻，谁会想到去买人生保险？我只有一笔小额储蓄，这笔钱可以支撑我和三个孩子生存大约半年，但它是应急用的，我不可以随意挪用。

所以我没有实际的规划，也没有什么资金，只有一种强烈的使命感。想到东圣路易斯的克里斯托夫被困在失败的学校里，想到由于芝加哥的住房问题深受影响的埃里克·博伊德，还有我曾在扬克斯、南布郎克斯以及哈莱姆区见到的那些母亲和孩子，我就觉得有责任改善他们的环境。

我刚上大学的时候，曾经在日记中摘抄了一段关于使命感和天意的话，这段话我读了许多遍。我打开日记本再次阅读它：

当一个人坚定信念要做一件事时，天意也会为之所动。为了帮助这个人实现他的目标，一些不可能发生的事发生了。从他下定决心开始，会发生各种事件。他会出乎意料地遭遇一些事，遇到一些人，并且得到物质上的帮助，一切对他都是有利的，尽管没有人想过这些事情会发生。不管你能做什么，或者想做什么，就动手去做吧！勇敢的心会让你得到才能、力量和魔力。

责任与天意，只要有这两点就够了。于是我决定用所有积蓄创办自己的学校，加入到改革的最前线。船到桥头自然直。我就这么押上了全部。

我给我的朋友雪伦打电话，告诉她我准备辞去爱迪生公司的工作，用应急储蓄在哈莱姆区创办学校。她听说这一消息，马上说："我得和你谈谈，我会叫上其他朋友，八点在'加州比萨厨房'见。"

大家刚就座，雪伦就开始发表她的想法。她说："你看看你自己，从没正常过。"大家都笑了。她让大家安静下来，接着说："说正经的，如果钱用完了，你打算怎么办？我想说的是，我们都爱你，可你的决定太不明智了。现在不是你创办学校的最佳时机，你现在一点安全感也没有。"

我反驳道："还会有什么更坏的事发生？如果我失败了，用完了所有的钱，大不了去我爸妈的后院里扎帐篷住！"

"你现在可以这么开玩笑。"杰弗里说，"可是如果你真的用光了所有的钱，你怎么办？你抵押了房子，你不记得当初可是花了10年才还清了助学贷款的吗？现在你不怕他们收走你的房子吗？"

我告诉他们："现在唯一让我害怕的事就是：如果我不这么做，我会心灰意冷。"

菜都上桌了，可没人注意到，大家都看着我，有人问我："那你有没有想过具体要做什么或者怎么做呢？"

我坦白地承认："没有，但我必须试试。"

听到我这么坚定，雪伦只好建议说："要不你慢慢来吧，或许你可以先加入在哈莱姆观摩的那个新妈妈培训项目。"

杰弗里又问："那你的衣橱谁来整理？还能有假期吗？又由谁来送孩子们去上音乐课？一切都会不同的，你为什么总这么激进？你真的准备好了换一种生活方式吗？"

面对他的质疑，我回答道："其实你说的这些我都想过了，有七八件事我以后都不能做了，但我愿意放弃，我甚至已经列了清单……"

还没等我说完，贝基插了一句："她当然列了清单。"大家都笑了。

讨论还在继续，等到服务生上甜品的时候，他们一致同意我这个计划是个坏主意，然后开始狼吞虎咽地吃巧克力蛋糕和冰激凌，只有拉里安静地坐在那里喝咖啡。最后，他吐出一句："你要用自己的生命服务于他人，这很高尚，但我们只希望你能现实一点。"

他们还是不懂，我并不是想表现得高尚，我只是必须这么做，我觉得自己不这么做的话，虽生犹死。

第二天一早，我还是要面对现实生活。早上6点起床，做好早餐，签署外出教学同意书，把午餐放到孩子们的背包里，然后送艾维、瑞秋和查娃上校车。

孩子们出门后，我决定建立一个办公室，来证明我的想法并不是空想。我家地下室里有一间小游戏室，我穿着工作服——宽松的长运动裤和旧T恤，把放在游戏室角落的棋盘、网球拍和其他玩具都清理出来。拖出一张浅灰色的叠层书桌，这张书桌是去年我在旧货市场上花22美元买的。又摆上一张深蓝色的椅子、一个摇晃的书架、一个文件柜、一台电脑和打印机。然后我打电话到威瑞森公司让他们来我家地下室安装一条电话线。

完成这一切后，我坐在椅子上，拿出记事本，在顶行写道"创办学校"，又在下面加上双横线。

我脑子里萦绕着一个问题：如何白手起家？我一边思考一边凝视着文件柜上的斑点，然后完全被窗外割草机的声音吸引，注意力也开始分散，回忆起了以前的日子。

我一直最喜欢家里的活动室，墙上排满了书架，透过大大的窗子，可以看到后院的小树林。我想到了乔尔，但立即强迫自己停止去想他，我不能让自己再次陷入悲伤之情。

我告诉自己：好了，好好想想第一步应该做什么！于是我写下数字 "1"，并将它圈起来。我想写一张任务清单，可是什么也写不出来。于是我把记事本放在咖啡桌上，去厨房泡茶。

十分钟后，我端着一杯热气腾腾的茶坐到沙发上，拿起本子和笔，在 "创办学校" 这几个字周围画了一个框后又画了一个框。然后在页面右上角用线条画了一个小人，将他标记为克里斯托夫，又给他添了五个简笔画的朋友。

我看了看窗外，又看看乔尔住院期间为我画的那幅画，目光回到横格纸上。看着咖啡桌上那一堆报纸、书本和写满我的想法的记事本，我很苦恼：我已经找到对策，从人着手，而不是去开发产品。可是为什么无法开始呢？

我不知道如何开始。我需要的是一张可行的任务清单，可现在连我自己也不知道自己这是在做什么，甚至开始怀疑这个想法是否可能实现。也许朋友们是对的，我这个想法就是很荒谬。此时，我感到无比孤独，十分想念乔尔。

再过两个小时，孩子们就该放学回来了，我的想法却还没有任何进展。于是我干脆放下空白的本子，穿好运动鞋，出去跑步。

我边跑边用耐克广告词激励自己：想做就做，只管向前，不要回头。现在我应该搞清楚最重要的两三件事，然后专心先做好这两三件事。我沿着人行道一直往前跑，爬上一座险山的一半的时候，突然灵光一现：资金。当务之急是要获得启动资金。巧妇难为无米之炊，没有启动资金，什么也做不了。其次就是要申请特许权。如果没有资金和特许权，就不可能创办学校。一切都那么显而易见，我却花了半天时间才想明白。

我以冲刺的速度跑回家，推开门，匆匆脱下运动鞋，冲进活动室，一把抓起本子和笔，跑下楼去我的新办公室，坐在桌前。我撕下第一张纸，重新开始写。在首页顶行写上"资金"，第二页顶行写上"特许权"。

要创办一家特许学校是一项非常浩大的事业，要得到批准，差不多要将上百件事准备妥当。但有关申请的相关信息很少，我需要花几天甚至几周的时间来研究，才能将一些基本事实拼凑起来，去回答申请中的问题。

2001年，纽约州的特许运动尚处于初期，在纽约，只有几所特许学校，大多数特许学校没有办多久就关闭了，以至于都没有记录在案。

我努力想写出一份创办学校的任务书，但实在不知道要做些什么，于是我干脆做了一个分类——文化课、教师招聘、家长及社区情况、承诺及政策、资金与操作、管理方法、教学设施。遗憾的是，由于情况不同，我在爱迪生公司的工作经验现在一点也帮不上忙。爱迪生公司已经形成了基础架构，所以爱迪生的任务清单里有类似"与招聘部门相协调"的任务，而且爱迪生公司没有在纽约办学的先例。

最后，又回到资金的问题上。取得特许权听起来感觉很困难，可相比之下，获得启动资金简直就是不可能完成的任务。我没有筹集资金的经验，完全不知道应该去哪里、去找谁来资助我。

等到学校正式开学的时候，清单上应该已经有超过740项任务了。

虽然现在的任务清单上只列了几十项任务，但我在完成这些任务的同时，每天都在想还要往上添加哪些任务，就好像是一边划船一边完善这艘船的感觉。

其实我现在急需组建一个团队，但我付不起工资，所以没法雇人。我决定去教育会议上寻找看看，希望能认识一些潜在的资助人，或者能认识一些有影响力的领袖给我介绍资助人。我偶然发现有一场"教育领袖会议"将于9月在亚特兰大召开，欣喜万分。虽然我并不了解这个组织，但这场会议听起来不错，这也是我首次有了头绪，于是我马上注册参加会议。

会议将在三个月后举办，到那时，我应该已经花掉一半的储蓄了。资金短缺给我带来了巨大的压力，但同时我还为许多其他事情烦忧，比如，我只是一个年轻的单身母亲，虽然有自己的想法，却连一张名片也没有，我担心在这样的会议上，大家能否认真看待我。

我的朋友哈里特帮我解决了这个问题。哈里特在麦迪逊大街经营着一家公关公司，我去问她是否可以在我尚未存在的名片上借用她的公司地址，我解释说："我总不能用我家的地址啊，那样太逊了。"

她爽快地答应了。我创建了局域网和邮箱，然后去金考公司印制名片和信纸，上面都印的是哈里特借给我用的那个地址。

我每天都有条不紊地去努力完成清单上的任务：去法律援助机构确立我的非营利地位，去当地的大通银行分行开户。当听说我要自己创办一所学校时，父亲主动资助了我两千美元，作为我去亚特兰大参加会议的资金。我建立了文件归档系统，开始阅读一些资料并将它们分类归档。同时，我也坚持记录一些关于创办学校的笔记，如"老师是人类的中心，是整个世界最重要的一部分"。

每天我送走孩子们以后就要工作一整天，晚上花几个小时陪孩子们吃晚餐、写作业。孩子们入睡后，我又工作到午夜。周末，我先带孩子们去犹太教会，然后陪他们换好衣服去上芭蕾舞和空手道课，之后又送他们回家换衣服去打棒球或橄榄球。活动的间歇，我总是尽量抽空去书店看看。由于我要在有限时间内获得资金，所以周末的晚上也必须工作。

我还有许多知识盲点，希望在去亚特兰大参加会议之前尽可能多地学习些知识。为了了解更多教育方面的信息，我订购了几十盒以前举办的教育会议的录音带。每天早上，我一边在跑步机上锻炼一边听会议录音，希望能从中获取一些实用的建议，但我发现会议上大都是一些关于教育改革管理的理论性讲解，或者专门针对一些特定的议题，比如读写能力评估法。我的确学到了不少知识，但我真正需要的是一些能指导我实现创办学校这一想法的信息。

而录音里完全没有关于如何在纽约创办特许学校的知识，更别说关于非营利性特许学校的信息了。这一领域几乎是空白的。

功夫不负有心人，终于，在6月一个周四的早上，一段录音深深吸引了我。听起来，这是一个敏锐、善良、乐观的人。他是一位教育家，但像一位企业家一样讲解了市场份额、度量指标和企业的发展模式，令我想一心一意地去听。于是，我跳下跑步机，却忘记了把它关掉。我站在地上一直听完了这段录音。演讲者名叫唐·夏尔维。我决定去会会他。

1992年，加利福尼亚成为美国第二个通过特许法的州。同年，唐·夏尔维创办了加州的第一所特许学校。后来他创办了名为"希望公立学校"的特许学校体系，现在这一学校体系在不断扩大。

我从接线员那里打听到了唐的电话号码。我试着拨通电话，唐接起电话和我聊了大概20分钟。我告诉他我想在纽约创办特许学校体系，希望他能给点建议。他听后，首先问我："你有商业计划吗？"

"还没有。"

"拿到特许权了吗？"

"也没有，一切刚刚开始。"

"那有出资者了吗？"

"还没有，但我正在寻找。"

他接着问："那你的学校设计是怎样的？"

我顿了顿，吸了口气，回答说："我的设计就是不做具体的设计。"这听起来可笑极了。

我向他解释："考虑到每个人都要为教学结果负责，我想给老师们更多的自由。'学校设计'这个概念对我来说不太合适，这在任何一个公司都不能充分发挥员工的才能。我认为命令老师们如何教学对他们来说是一种贬低，学校的整个管理方式都应该得到改变。"我还告诉他我从彼得·德鲁克的《21世纪的管理挑战》中学到了许多关于管理的知识。

唐表示虽然他在忙着开办更多的"希望学校"，但对我的想法很感兴趣，也想要帮助我。他建议我把自己的计划写成一份执行纲要，以便于我们下周进行进一步的讨论。听他这么说，我很开心。

他原本的意思是通过电话讨论。但从谈话中我能感觉到他是个知识渊博的人，我希望能从他身上学到更多，所以想和他见一面，恰巧孩子们将要外出露营一个月。

于是我问他："我有很多疑问希望能得到你的指教，我能不能和你一起多待几天呢？我下周可以去加州找你。"唐笑着说："当然，但你最好下下周过来。同时，你这段时间要写好执行纲要。"

我立即订好了机票，然后投入到工作中。

通常来说，做执行纲要的目的就是筹集资金，出资者如果看到我在纲要中阐述了以教师为中心能改善公办教育这样的想法，应该会觉得古怪而不愿出资。他们应该希望从中了解譬如班级人数、学校规模、教学时长、课程种类之类的产品特征，也就是一份详细的学校设计。我想，这也是唐想了解的吧。

但这与我的想法相背离，我不想在执行纲要中阐述学校设计，而是解答"如何让老师更加优秀"这一问题。我开始认真地写纲要。

"我们需要进行彻底转型。如果只是找到最佳的学校设计，然后命令所有老师按部就班地实施，这样是不可能改善美国教育的。我们不能再控制教学方法和课程设计，而应该充分挖掘和培养老师的激情和才能。"我写的内容看起来过于简单化，但我现在只想到了这些，这也是我希望和唐分享的想法。

去加州的前一天晚上，我准备了55个问题，并将它们按当初我做的创办学校任务清单中的分类进行归类。

当我到达唐位于硅谷的办事处时，兴奋之情溢于言表。首先映入眼帘的就是贴在入口处的《华尔街日报》上唐的个人介绍。唐带着我四处参观，并向我介绍了他的团队，共有9人。

接下来的整个上午，我们都在会议室讨论学校的事。唐告诉我他准备将"希望学校"发展为一项大规模的特许学校体制的计划。他在白板上描绘了他的五年计划。他说："只有几个人和我们一样在做特许学校。首先要考虑的问题就是学校的发展模式。你是想通过直接获得特许经营权的方式来快速建起一所学校还是想经营管理自己的学校？"就在我开始思考这个问题的时候，他已经迅速提出了更多问题。

"你是想开办从幼儿园到高中的全套学校还是只打算开办小学？大部分特许学校是从幼儿园做起的，这样容易得多。你打算亲自出任第一任校长还是直接雇人来做校长？"对于这个问题，我的想法是一定要亲自担任第一任校长。如果我不积极参与进来、担任校长的工作，以后怎么敢冒昧地指导学校的工作呢？

唐继续给我讲了如何进行教学结果评估、教师招聘，告诫我千万不能忽视社会关系的重要性。他语重心长地对我说："你要开始筹款了，虽然这是个巨大的挑战。黛博拉，其实最艰巨的任务是建造教学场地与设施，这些都是不动产，但如果没有这些，就不可能开办学校。"

教学设施？我现在连特许权都还没拿到呢！先不管了，我还是尽量认真地听取唐的宝贵建议，飞快地记着笔记，以便以后能回头重温这些内容。

之后，我邀请唐加入我的咨询委员会，庆幸的是，他甚至没有问委员会的成员还有谁，就答应了。其实我是临时想到建立这么一个委员会的。他还说要向金·史密斯介绍我。金在大约两年前创办了"新学校创业基金"，该基金会专门为教育创业者提供早期支持。

接下来的四天，我跟着唐参加了各种活动。我看着他去其中一家学校进行教学检查，他匆匆地走进一间间教室查看情况，然后给校长一些口头反馈。我还参加了他和公司首席运营官的会议，他们在会议上完成了一份筹资报告。

晚上，我又跟着他去斯托克顿市议会，看他如何说服议会允许他在那里建造教学设施。只有议会将某一区域从住宅区域变成教学区域，他才能在那里建学校。听证会一开始，议会就对这一提案显得很警惕，但唐用他那温和、恭敬的语气，以及回答提问时谦恭的态度赢得了他们的信任。最后，他成功说服了所有评审委员会成员对他的提案投了赞同票。

我们每天要花几个小时的时间在路上。一次，我们去看望唐的母亲。途中，我们在一个加油站停下来休整，他买了薯条和健怡可乐当午餐。返程的时候，他带我去游览了他的果园，就在他的新家后面。园子里种了有机葡萄、桃子和无花果，我们摘了些新鲜水果。我拿了许多水果，用衣襟把它们兜起来，唐看到我的样子忍不住笑了起来。

在我们忙于参加各种会议的间歇，唐给我讲述他曾经做咨询顾问和教学督导的事情，还告诉我当初是如何创办希望学校的。我很快意识到希望学校是美国教育领域的一大突破：它成就了一种新的公立学校体制，即特许学校经营组织。这正是我想在哈莱姆创办的学校体制。我希望能创办一种类似的体制，成为美国学校体制改革的典范。

一周的观摩结束了，当唐开车送我去机场搭乘回纽约的通宵航班时，我异常兴奋。唐对我说："黛博拉，还有很多事等着你去完成，这些你都了解了，但最重要的是要有毅力。创业的过程很辛苦，但要发展壮大更加艰辛。其中最大的阻力就是反特许派，他们让我们的工作变成了艰难的战役，我们每向前走一步，就会遭遇他们设置的障碍，好不容易度过一个危机，又面临着下一个危机。你要用你的韧性面对其间遇到的种种困难，坚定地向前走。"

夜已深，唐把车停在机场停车场，我们下车相互道别。他打开车后盖，从一个纸箱里拿出他的商业计划书递给我，说："黛博拉，你一定要做一份自己的计划，做商业计划不是件容易的事，你会犯很多错误。就拿我来说吧，我每天都会犯错误，错漏百出。但我相信你能做到的，你很有激情。"

我依旧没有创业资金，要写那份复杂的特许申请表，还要思考如何从零开始建立一种学校体制，但至少现在我知道：在美国，还有人和我一样在为之奋斗。和唐的见面让我看到自己的梦想是有希望实现的，我不再感到孤独。

回到纽约后，我全身心地投入到商业计划的制作当中。正好孩子们去参加夏令营了，我就征用了活动室和餐厅。我工作的地方堆满了书、写了字的纸、没喝完的茶和数量惊人的可乐。再过两个星期，孩子们就该回来了，到时，我想专心照顾他们，为新学年做好准备，所以，我现在必须夜以继日地工作。

一天深夜，我在商业计划的引言中写道："我国的公立教育策略从根本上是错误的。好学校的基本要素是优秀的教师，所以我们的学校不再强调'产品复制'，而是转而专注于'培养优秀教师'。这两者有很大的差别。"我还专门设计了以下表格，以强调这种差别：

培养教师	产品复制
授权于人	购买产品或销售产品
培养并支持教师	支持产品的实施
问责制	质量管理并绝对服从

对于这一策略，我还添加了具体说明："我们会给予老师自由选择课程和教学方法的权力。这种制度能够吸引最优秀、最有才华的老师，让他们释放激情，从而实现教学上的杰出表现。"

两个星期很快过去了。周日临近中午的时候，我匆匆清理着地板上、咖啡桌和餐桌上的纸、文件和书本，迎接孩子们的归来。按计划，他们应该下午就会从营地回来了，我等不及要去校车停靠点接他们，可我必须先把屋子整理好，同时也清空自己的思想，把心思放回到孩子们身上。

接下来的几天，孩子们天天在外面玩，同时完成他们的暑期阅读，而我则填写了数十张学校发的表格、列购物清单，并在冰箱上贴着的大日历上标记出孩子们的所有活动日：唱诗班、宗教课、女子童子军、足球、棒球、数学小组、科学社、国际象棋社。新学年就快开学了，我带孩子们去史泰博公司买铅笔盒、笔记本和其他文具。9月初，艾维就要参加一个叫作"自然课堂"的项目，所以今年还要给他准备一些露营的装备。

三个孩子都升入中学了。开学第一天，瑞秋和查娃放学回来，兴奋地告诉我她们很喜欢新老师。而因为艾维和七年级全体学生都去参加"自然课堂"了，我这一个星期都不会有他的消息。我们渐渐回到了正常生活。

几天后，也就是2001年9月11日上午，我准备出发去市里参加一场会议，但9点的时候一个朋友打电话问我有没有听说那天发生的事："你在看新闻吗？"我说："没有啊，怎么啦？""天啊，你快打开电视吧。"我急忙跑下楼去把电视从柜子里拿出来，打开它，看到关于"9·11"事件的新闻，我震惊了。那天，我最终没上火车，和所有美国人一样，一直在通过电视报道关注着整个事件。

2001年9月24日，我坐飞机去亚特兰大参加会议。航班提前了，由于刚刚经历"9·11"事件，理所当然地，安检非常严格，持续了几个小时。很快我就会在会议现场，见到数百位来自全国各地的教育改革者。但愿我还能遇到一些投资人，这样我就可以为那些无法享受优质教育的孩子们创办学校了。我尽量不去想日益逼近的期限，只是将注意力集中在手头上的工作。

对于"教育领袖会议"，我知之甚少，也不认识参加会议的人，所以，当我在午餐时遇到前老板——爱迪生公司的克里斯·惠特尔时，我非常开心。他先表达了他的诧异："看到你也在这里，我很惊讶！"一开始，我并不明白他的意思，但我很快领会了。一位画着浓妆、穿着一身圣约翰套装的女士拉了把椅子过来和我们聊天。她嘲笑那些空口同情穷人却不见行动的人，并不假思索地称民主党是"完全由教师工会控制的附属品"。午餐时的演讲者是一位共和党国会议员。他在演讲中取笑那些批评应试教育的进步主义者说："我上小学的时候，每周五都要进行拼写考试，为了应付考试，老师教我怎么拼写，这有什么问题呢？"他的演讲令观众哄堂大笑并热烈鼓掌。

我说自己并不是个守旧的人可能有掩饰之嫌，但毫无疑问，这帮共和党人在积极维护下一阶段的民权运动：为低收入家庭的孩子争取公平的教育机会。有人对应试教育的利弊争论不休，而共和党人支持应试教育，这足以说明他们关心那些被失败的教育体制毁掉一生的孩子们。在这一问题上，他们是为孩子们考虑的。我一直以为社会公平是民主党的理想，这一想法先是在爱迪生公司受到挑战，现在又在这里再次动摇。

不知道是不是我误会了，但好像在工会的影响下，民主党当权派极力反对被剥夺公民权的家长为他们的孩子选择好学校、反对高质量特许学校的扩大、反对小团体拥有平等的权利。这真可耻！

参加了两天的会议，我与校区主管、当选官员和非营利性组织的领导交谈，却没有遇到潜在的投资者，我开始感到绝望。

在会议最后一晚的鸡尾酒会上，我遇到了切斯特·芬。他是一位著名的保守派教育学者，外表很严肃，说起话来很有威慑力。很快，我得知大家都叫他"查克"，里根总统在任期间，他曾是教育部助理部长。

我和他交谈起来，完全忘记了整个酒会。我向他讲解了我的办学理念，他说："你描述的并不是一种新型的学校，而是一种新型的公立学校体制。"我激动地回应说："正是！"听到有人理解我的想法，我感到特别欣慰。晚餐时，查克邀请我坐在他旁边。那晚结束的时候，我们已经非常了解彼此了。晚餐后，我们站起身来准备离开，他停了一会儿，看着我说："有个人应该要认识一下你，你有名片吗？"

会议结束了，但我订的是第二天傍晚的航班，这样就有足够的时间去亚特兰大市中心参观马丁·路德·金纪念馆。我在酒店大堂等巴士的时候遇到了"新学校创业基金"的金·史密斯和她的同事。真是太巧了，她们正好也要去马丁·路德·金纪念馆。

唐·夏尔维曾经告诉我：只有少数人在创办特许学校，而金是这一领域的前辈。她认识每个创办特许学校的人，每个创业者都想认识她。如果我想得到投资，这就是个好机会。

在马丁·路德·金纪念馆，我久久凝望着那些纪念著名的格林斯博罗静坐的照片。事情发生在1960年2月1日，乔尔刚好是在两年后的2月2日出生的。那一天，四名黑人学生坐在北卡罗来纳州的格林斯博罗市中心伍尔沃斯百货公司的午餐餐台上，点了一杯咖啡，却遭到服务员的拒绝，后来就发生了抗议活动。乔尔多年后在一次学术年会上见到了其中一位年轻人，这个年轻人当时告诉乔尔他早就预料自己有一天会被杀死。看着这些照片，我在想：愿意为一项事业而牺牲，这是一种什么样的感觉呢？这些勇敢的年轻人有没有想过他们会对历史产生如此重大的影响呢？如果他们知道四十年后的今天，我们国家在享受优质教育这一基本民权上仍未实现平等，他们会不会很难过呢？

　　我走出纪念馆，和金一起坐在水池边。不知不觉中，我们开始讨论我的商业计划。她快速地问了我一堆问题："你找到投资者了吗？拿到特许权了吗？董事会成员有哪些？你准备怎样建设学校设施？纽约城对特许学校有什么支持性政策吗？"

　　然后她又问了一些概念性的问题："你的核心战略是什么？特别之处在哪里？你打算怎样克服令其他人失败的困难？"我一一作答后，她继续向我发问，之后站起来对她的同事说："这正是我要谈论的，黛博拉想改革教育体制。"

　　我平静地微笑，以掩饰内心的欣喜，她也许就能为我提供启动资金，于是我向她询问投资的时间安排。

　　金告诉我她们还在为自己公司进行下一轮筹资，到明年春天开始进行新的投资，她说："再等等看吧，也许明年2月我们会让你做个正式的报告，并陈述你的想法。"

　　听她这么说，我马上泄气了。我感到很绝望，但又不想表现出来，没有人愿意投资给一个绝望的人。她还告诉我，要成为她们投资的考虑对象，我还要做好以下的准备工作：拥有一个创业团队、商业计划、申请到特许权、潜在投资者的名单等。

　　虽然工作量很大，但我愿意去努力，可我等不到明年春天。几个月内，如果我筹集不到资金，整个计划就彻底完了。我不知道该不该把这个情况告诉她，也不知道怎么向她开口。

　　我提前到了亚特兰大机场，离飞机起飞还有几个小时，于是我决定去书店逛逛。我在书架上看到一本最近出版的新书：《杰克·韦尔奇自传》，作者是富有传奇色彩的通用电气总裁杰克·韦尔奇。近年来，韦尔奇频繁出现在多本杂志封面上，《财富》杂志更是称他为"世纪总裁"。

我一边喝茶一边看这本书，因为太过专注，差点就误了航班。他在书中提及自己对官僚作风和"虚假认同"的鄙视，我十分喜欢他的态度。同时，他的观点——"让人才成为你的核心竞争力"激励了我，我在书页的空白处草草地记下自己的感想，希望将他的想法应用到学校体制中。

读到差不多一百页时，我发现了一件事，内心激动了一下。杰克·韦尔奇认识彼得·德鲁克！其实，德鲁克——这个启发我想到"以人为本，而非以产品为本"这一教育策略的人，在韦尔奇就任通用电气总裁后不久，就成为了韦尔奇的顾问。韦尔奇将他许多伟大想法的诞生都归功于和德鲁克的讨论。德鲁克于2005年去世，几年后，《商业周刊》在封面上选用了德鲁克的图片，并印上大标题"管理学的发明者"，韦尔奇将他誉为20世纪最伟大的管理学思想家。

我也不知道自己究竟为什么激动，是因为韦尔奇和彼得·德鲁克的关系？还是因为韦尔奇的想法？比如他在书中写到了通用电气的群策模式，我决定将它变成我的学校不可或缺的一项活动。这种群策模式就是一种开放式会议，会议上，员工们可以毫无顾忌地发表意见，说出自己觉得哪些事情阻碍了公司的发展。杰克说这种模式彻底改变了通用电气。

韦尔奇在书中写道："一位中年电器工的评论很好地总结了这种群

策模式的理论根据。他说：'25年来，公司为我的劳动付给我工资，而同时，公司不需要额外付钱也可利用我的想法。'这种群策模式让我们确认工作在最前线的员工是最了解这份工作的。"

正是如此，老师们是最了解教育的，但是为什么要让国家领导信任老师就这么难呢？相比之下，韦尔奇对他工厂里的工人要比学校对老师尊重得多。

大多数学校的员工会议都是老式的、官僚主义的，会议上只是宣布一些枯燥的管理层决策。我决定在我的学校，不会开这种无意义的会议，而是开群策会议。会议上，老师们可以自由提出学校存在的问题，和校长一起当场集体讨论如何解决这些问题，他们可以随意地分享内心的反馈意见。我们可以省去官僚主义的那一套，直接完成该做的事。

很快，10月来临了，但启动资金还是没有眉目，我开始着急了。一天深夜，我在地下室工作的时候，电话突然响了。我接起电话，那头传来声音说："你好，我是汤姆·范德·阿克，查克·芬告诉了我你的事。"我回复说："你好。"（其实当时我心里激动地说："天哪！"）

汤姆是比尔及梅林达·盖茨基金会的教育执行董事，盖茨不久前才聘用他来管理教育拨款，但梅林达·盖茨基金会的拨款并没有正式的申请程序，实际上，根本就无法申请。他们会自己去做调查来决定拨款给谁，而且他们要了解你才会拨款。

汤姆说："查克说我必须见见你。下周，我会去纽约，你愿意一起吃个晚餐吗？"

在约好的那天晚上6点，我们在餐厅见面了。餐厅里生意火爆，我们坐的位置刚好可以看到一尊高16英尺的大佛像。他认为教育改革的关键在于学生人数要少、老师与学生要保持良好的关系，同时课程设置还要与现实生活息息相关。汤姆告诉我，他的平均拨款大约为一百万美元，他的员工队伍十分精简，只有一位搭档和一名助理。

他丝毫没有官僚主义，同时手上有大笔钱可以投资给我，我太喜欢他啦！

我事先准备了一份执行纲要，但没有机会从包里拿出来给他看。我们一见面就聊得很投机，不知不觉，两个小时就过去了。但在那天晚上的谈话中，汤姆告诉了我三件事，这三件事令我获得启动资金的机会几乎为零。

首先，他从未投资过尚未创办学校的人。之前所有受他资助的人都是著名的教育家，经营着美国最受好评的高中，其中包括丹尼斯·立特基。立特基是心理学与教育学的双博士，他在罗得岛州的普罗维登斯创办了迈特高中，一本关于他的人物传记曾由美国国家广播公司翻拍为电影。还有拉里·罗森斯托克，他做过律师、老师，也当过校长，他在圣地亚哥创办了高新技术高中。当然，唐·夏尔维也接受过他的投资。这些人都有几十年的学校管理经验。汤姆就像个星探一样在整个国家搜寻，他参观学校并对它们进行评估，然后拨款给最具潜力的那些学校领袖。

其次，汤姆还未在没有中介的情况下投资纽约的创业者。我并不明白这是什么意思，他向我解释说，由于盖茨基金会拥有大量资金，所以他们会和其他基金会进行合作，如新学校创业基金，以帮助他们进行资金分配。这些小一些的基金就充当中介的角色，帮助盖茨基金会评估潜在受助人、决定资助谁并监控学校表现。我告诉他我在亚特兰大见过新学校创业基金的创办人金·史密斯。汤姆说，她也在申请得到拨款，以成为盖茨基金会的中介。

最后，他只投资高中，而我计划先从幼儿园做起。他劝我说："美国几乎所有的特许学校都是小学，可是我们需要的是愿意挑战办高中的人。"汤姆坚持让我开办高中，他说高中生是教育改革中最困难、最重要，也是最容易被忽略的部分。大家都知道教小孩子是比较容易的。

我又向汤姆讲解了我的"以人为本"的策略和我对教师们的充分信任。茶上来的时候已经差不多九点半了，我端起茶杯喝第一口的时候，汤姆盯着我，说："我想资助你创办学校。"

什么？我可以得到盖茨基金会的投资？我最少可以得到一百万美元的资金！

他接着说："但为了拿到这笔资金，你要做好下面几项准备工作。要同时拿到两所学校的特许权。同时，因为你还没有学校，所以要发一份商业计划给我，这份商业计划需要得到老比尔·盖茨的审核通过。"

同时拿下两所学校特许权？纽约州可从来没有同时授予两个特许，而且我还是新手，没有什么证明材料。还有一个问题，只有证实有可靠的资金承诺的情况下，纽约才会批准特许。

这简直就成了第22条军规：我需要特许权才能获得资金，同时必须有资金才能得到特许。

汤姆告诉我："下个月，我会召集所有受助人开会，你现在还不是正式的受助人，所以只能以受邀嘉宾的身份参会。到时，全国最聪明的教育家都会参加。"

"听起来很不错哦，我很开心能够参加，会议在哪里举办？"

"普罗维登斯。"

第 5 章

为孩子们创办学校

A School for My Children

赛威尔友谊学校是美国最好的学校之一。克林顿夫妇当年为切尔西选了华盛顿的这所私立学校，奥巴马一家后来也让两个女儿就读了这所学校。我的目的很简单，只希望哈莱姆地区的学生也能享受同等质量的教育。

再过几个星期，我就要去普罗维登斯参加会议了，我觉得到时汤姆会针对我对学校的设想提出更多具体的问题，于是，我决定利用这几周时间去东北地区的优秀私立学校转转，第一站就是赛威尔友谊学校。

我注意到，在赛威尔的课堂上，学生们都在认真地进行复杂的分析讨论，自信地与同学们讨论自己的想法。我希望哈莱姆区的学校也能呈现这种景象。希望有一天，当我走过我们学校的教室时，也能看到学生们在认真思考一篇很难懂的文章，或是在思考如何解决一道复杂的数学问题。就像我会在特许申请表里写的一样，我希望我们学校的老师不要以给学生结论为出发点，而是要强调让学生收集确凿的证据从而自己得出结论。

但我最欣赏的还是赛威尔的核心理念：学校的目的是培养学生秉承那些永恒的价值观，如朴素、服务与关爱。在教育自己的孩子的时候，我也是强调这些价值观。我希望把艾维、查娃和瑞秋都培养成酷爱读书、思想成熟、性格健全且极为独立的思想家。最重要的是，我希望他们有同情心、关心他人。我想，我认识的那些哈莱姆区的家长也一定希望他们的孩子得到同样的教育。

赛威尔友谊学校是高水平教育的典范，我的梦想就是让我的学校教育达到这种水准，并最终让所有城市学校的教育达到这种水准，虽然我明白这个梦想很难实现。

首先，我们学校会受到州立考试制度的制约。我认为学校要教给学生的最重要的东西无法通过标准化考试来衡量，可是要想保住特许权，必须要有优秀的考试成绩。同时，由于我们招来的学生在原来的学校并没有打好基础，要在考试中得到高分就更加困难。这些入学的学生如果都无法达到正常的阅读水平，甚至不知道句首字母要大写，我们又如何指望他们去分析名著？其次，学生行为也是个大问题。许多学生根本从未受过基本课堂礼仪训练，在听课的过程中，我常常见到那些公立学校的老师不得不花大量的精力去管教学生行为。

一天的教学观摩以后，我去办公室见校长。我一边阅读赛威尔的宣传手册一边等校长，这时，一个六年级孩子的妈妈问我是不是想把孩子送到这里来读书。

我回答说："我的确有三个孩子，但我们住在纽约。我想在哈莱姆区办学校，所以来这里参观学习。"虽然她尽量表现得很有礼貌，但我还是从她的表情看出了她的怀疑。她又问我："哦，那挺好的，那你自己的孩子现在在哪所学校上学呢？"

本来我是来赛威尔寻找创办哈莱姆学校的灵感，她的一句话让我瞬间由兴奋转为内疚。我要创办学校的这个计划对于我的孩子来说究竟意味着什么呢？如果我先找一份公司的工作，八年后再进行哈莱姆学校项目，就可以送孩子们去像赛威尔一样优秀的私立学校上学。但现在我要创办一个非营利性学校，就意味着我只能让他们上公办学校，还要大幅节省家庭旅行及其他开支。威斯彻斯特的公办学校虽然不错，但去私立学校可以让他们得到更好的教育。

这对我的孩子们公平吗？我应该让他们享受最好的教育。或者说这是我欠所有孩子们的，尤其是那些被剥夺了受良好教育的权利的孩子们，我应该尽力把城市的公立学校改造成像私立学校一样优秀。

傍晚的时候我离开赛威尔，一边沿着街边的草坪走，一边在脑海里反复问着一个问题：你的内心平静吗？

那晚，内心依旧焦灼，我不断祈祷，脑子里萦绕着那个问题。不知道乔尔会怎么说呢？

就在入睡前，我突然感应到了答案，他会对我说："亲爱的，放轻松，孩子们会很好的，你给他们做的榜样就是最好的教育。"

是的，我确定他会这么说。所以我应该放手去创办学校，去改变教育体制，大步向前！

我在盖茨基金会举办的会议上见到的第一个人是丹尼斯·立特基，他穿着T恤和牛仔裤，T恤上有个泛霓虹光的和平标志，头戴彩虹色阿拉伯头巾。他是这次会议上众多巨星中最知名的教育改革者之一。大家都亲切地称呼他"多克"，他最出名的就是在教育上采取的先进方法。

我走进会场的时候，看到丹尼斯正和圣地亚哥高新技术高中的创办人拉里·罗森斯托克正交谈得火热。

汤姆走过去，把手搭在丹尼斯和拉里的肩上，夸张地对我说："想必你已见过这两位美国最聪明的教育家了。稍后你会听到关于丹尼斯创办的学校的情况。他的学校的毕业率超高，而退学率从20%降到了2%。"这瞬间引起了我的兴趣，我问丹尼斯："为什么你们学校退学的学生这么少？"他回答说："学生退学的原因无非是学校课程太枯燥，或是感到不被重视。当你让学生对课程感兴趣，老师也关心他们，这不仅仅是在教育他们，你其实是在帮他们改变自己。"

和他们交谈了不到15分钟，我已经意识到这些教育家与教育领袖会议上的那些教育家在教育理念和政治观点上都是相反的。盖茨基金会召集的这些专家相当聪明且富有教育经验，他们让我想起了当年夏令营里的那些指导员和老师。这些进步主义教育家代表了美国教育界流行的观点。我在教师学院的时候接触过这种观点，约翰·杜威在他的体验式学习理论中也阐明过这种观点。他们正是在亚特兰大会议上被那些保守派取笑的自由主义者。保守派只知道一味降低课程难度，进行应试教育，应该是这些进步的教育家嘲笑他们才对。

由于特许运动，保守主义者和自由主义者都享有了教育上的自主权，但两者的共同点仅限于此。教育改革的保守派方法是强调课程标准、考试、评教和"回归基本"的课程教学。而盖茨基金会强调的是小规模办学和良好的师生关系。他们认为学生通过项目式学习能达到最佳的学习效果，而学习成果应该通过作业展示和论文的方式来评价，而不是那些标准化的测验。

丹尼斯花了几年的时间来实践这种理想模式。他在密歇根大学修完博士课程后，1969年，欧申希尔高中位于布鲁克林的布朗斯维尔分校邀请他去学校担任心理咨询师及社区干事的工作。丹尼斯的父母在《新闻周刊》的封面上看到了发生在布朗斯维尔分校的暴力冲突，他们不想让丹尼斯去那里工作，但他不顾父母的反对，还是接受了这份工作。在几乎全是黑人老师和学生的学校里，他成了少数几个白人老师之一。

27岁的时候，丹尼斯被指派到位于长岛的肖勒姆市的一所学校任校长。他说："他们让我用自己的方式来管理学校。"我很好奇他的管理方式究竟是怎样的呢？他继续向我讲解道："学校后面有个农场，所以我们可以让孩子们在实践中学习。我创建了一种咨询体制，并将全校600名学生中的每200人组成一个集体。做出这些安排是为了让每个孩子都能与一个充满爱心的老师有直接联系。我们不仅教孩子们学习技能，还给学生安排实习并帮他们制订个性化的学习计划，学校应该教会他们克服困难并持之以恒。"

丹尼斯接着说："这些对我来说都是常识。当孩子们调整好自己的时候，就会有惊人之举。我们要做的就是帮助他们发现自己的爱好所在，并发展自己的爱好。"

丹尼斯敢于用自己的方式做事，这一点也体现在改革教育体系上。一次，在他忙着改造新罕布什尔州的一所失败的高中期间，他听说布朗大学教育系教授泰德·森泽要做一场讲座，主题就是如何改善学校。丹尼斯当时虽然已经成功改造了几所失败的学校，但他很想知道森泽就这一话题会说些什么，于是他去参加了讲座。他告诉我："讲座结束后，我上前去对他说：'对于你那些进步思想，你只是在纸上谈兵，可我在真刀真枪地实践，你来我的学校看看吧。'说完，我就跑出去不再听了。"

丹尼斯和泰德·森泽的故事并未就此结束。森泽接受了丹尼斯的邀请，真的去了他的学校。当森泽看到丹尼斯在新罕布什尔州的所作所为时，立即将他的学校第一个纳入他创办的新组织——基础学校联盟，该组织志在推行进步的教育理念。丹尼斯还告诉我，黛比的学校是第二所加入这个联盟的学校。他口中的黛比是指黛比·梅尔，她因为经营着东哈莱姆区的中央公园东方中学而出名。

10年后，罗得岛州的教育专员请丹尼斯开办一所学校。现在，盖茨基金会请他再开办10所学校。他一周工作7天，每天工作12小时，他抱怨说："你看看这多么不容易啊！"是的，我了解这份工作的艰辛。

我喜欢他的干劲、激情和幽默感。那晚的最后一场会议上，我们坐在一起，我开始列任务清单。我在记事本的顶行写下"要做的事"，然后站起身去拿甜点。回到座位上，我看到丹尼斯把他的名字加在了清单里。

第二天吃早餐的时候，我很开心遇到了唐·夏尔维。他热情地邀请我和他们一起吃。和他坐在一起的还有拉里·罗森斯托克。我向拉里请教他是如何创办高新技术高中的。他告诉我："我是1996年的夏天开始创办学校的。当时政府给我拨款，让我进行一项研究，一些极度贫穷地区的城市高中培养了一些大学生，我的任务就是要研究这些学校的教学。我立即打电话给泰德和黛比，问他们是否想参与研究，他们都表示愿意。我们在坎布里奇的工作室进行了三年研究，太疯狂了！"（尽管泰德和黛比当时没有参加会议，但他们在教育上的影响力是大家有目共睹的。）

然后我又问了拉里学校的情况和他的教育理念。他告诉我："教学方法的多样性和创新性很重要。小规模办学也很重要。没有私立高中会招收2000名学生，因为人数为350或400人的机构运转效果是最好的。"这次会议上，学校规模是一大固定主题。

他继续向我讲述他的观点："学校还需要社会经济一体化。纽约市的文化多元性已经消失了，这让我很郁闷。我非常同意杰弗逊的看法。他在1819年创办了世界上第一所无宗派大学——弗吉尼亚大学。他认为公共教育的目的并不是为大众服务，而是创造一个社会。杜威也说过，公共教育的目的不是复制社会，而是改变社会。"

我听得目瞪口呆。他几乎一口气从学校规模说到一体化，又说到杰弗逊，然后是约翰·杜威，这就是拉里——说起故事来一环扣一环，一体化政治、历史、社会学、教育学都涉及到了。

汤姆说得对，他的确挑选了一群巨星，其中最突出的就是丹尼斯、唐和拉里。

但会议上也有一些学校领导除了一直表达自己对考试制度的反感，没有任何其他思想。一位校长告诉我，她曾组织学生抗议纽约州高中毕业会考。她说："会考的内容太浅薄了，只是逼着学生死记硬背，让我们无法进行有意义的教学。"当我问她打算如何完成教学责任的时候，她十分肯定地回答：看大学录取率。

但我对此表示怀疑。因为许多被大学录取的学生其实都参加过课外补习，所以仅仅用大学录取率就可以检验高中教学质量吗？

我也认为那些考题设计的确不好，有必要提高考题的质量。难道占用学生的时间让他们去对抗考试就能最好地保护他们的利益吗？不是应该教给他们考试相关的技能吗？我觉得一些记忆训练也是很好的脑力练习。

我当时就下定决心：在我的学校，课程设置不会受限于考试内容。但我并不认为测试会完全限制老师发挥他们的高质量教学水平。

在普罗维登斯，见识了拉里和丹尼斯这些人的想法，自己也会兴奋起来。但我的孩子现在正在上中学，我亲眼目睹了进步教育（progressive education）（注：进步教育是指产生于19世纪末并持续到20世纪50年代的美国的一种教育革新思想。它是作为进步主义的一部分发端的。其教育理论源自卢梭、裴斯泰洛齐和福禄培尔等的教育思想，并深受现代科学的影响。进步教育理论的"实验室"主要是美国的公立学校。进步学校非常关注普通民众的教育，特别强调教育和社会生活的联系，特别重视从做中学和学校的民主化问题。）的潜在失误。一天下午，艾维放学回来找我要杂志。我说："车库的回收桶里有一些旧杂志，你要杂志干吗？"

他说要做一张海报，这是项目学习的任务。于是我问他："哦。亲爱的，从这个项目中你学到什么了呢？"他回答说："什么也没学到啊，只是做一张海报啊。"我坚信他一定从中学到了什么，可当我仔细看他的作业时，发现他说得对。老师可能只是把这次作业说成"项目学习"，但这是一次失败的项目学习。

当然，这只是一次执行失败的教学项目。汤姆给我讲了一些高新技术高中进行的优秀的教学项目。在那里，拉里的学生自己制作机器人，并在展览会上展示他们的成果。但是如果没有厉害的老师，这种方法很容易失败。

换句话说，我认为进步教育的确很好，但前提是方法执行得当。这就要求执行进步教育的老师必须是优秀的人才。

回到纽约后，我的首要任务依然是申请特许。六个月的期限临近，我开始倒数还剩几周，而不是还剩几个月。

根据盖茨会议上某个人的建议，我聘用撒拉当顾问。撒拉曾是一所波士顿特许学校的校长。她很快帮我招来了安德鲁作为周末工作的志愿者。安德鲁是哥伦比亚大学的研究生，他爱动脑、幽默且机智，又和我有一样的工作理念。最后，主要是他完成了特许申请表里的学术部分。

我和安德鲁经常进行苏格拉底式对话。我跟他分享我的想法，他则会精心创作最美妙的散文。我们会在市区的咖啡店里或位于杜波斯费里的我家天台上长谈。他和我的孩子也逐渐熟络起来。他十分认同我的教育愿景。我们不断地讨论如何为贫困社区的学生提供优质的私立教育。我们写文件并不只是为了获得特许权，也不是为了向投资者推销自己，而是真心希望改变公共教育。

最后，我们在特许申请表和商业计划中把我们办学的愿景描述成一个梦想：

你可以想象在这样一所学校，学生们都全身心地学习，论文、学术难题和试验之外的世界仿佛都离他们很遥远。他们在学习中付出汗水、感到疲倦，却充满成就感。他们很自觉地把作业带回家去做，不是因为那是作业，而是因为他们觉得自己的任务还没有完成，不能置之不理，他们必须解决那些难题。

在我们学校，学生们努力学习、热爱学习，这种状态就好像一名真正的运动员完全沉浸于比赛中、一位认真的音乐家彻底陶醉在音乐中。在这里，学生们渴望读到深刻的书、完成复杂的数学等式，他们每天都在挑战自己的极限。

我们一方面对课程学习要求很高，同时也鼓励学生学会批判性思考、激昂地辩论和自主性学习。

我们希望学生就课文提出一些深刻的问题，并弄懂这些问题；希望他们养成逻辑性和分析性思维，理解一个数学演算步骤中的潜在前提，进而锻炼、促进他们的思维；希望学生能写出一篇五段式论文是远远不够的，他们必须充分掌握写作过程中的每个要素，理解语法惯例背后的逻辑，并正确使用高级词汇。

我们认为全面的教育包括培养健全的性格和公认的美德。我们希望每个学生都能与别人建立相互尊重与关爱的友谊。我们不可能命令学生拥有美德，也无法通过项目学习将美德强加到他们身上。只有这些美德真正存在于学校里，而且学生们每天都以这些美德为参照，在这样的学校氛围熏陶下，学生们才能拥有这些美德。

我们认为一个成功的学生要具备以下特点：清晰的思维，能够有条理地口头表达并清楚地写出自己的想法，收集证据支持自己的论点，愿意检验论点的依据，并乐于在适当的时候大方接受更有力的看法。养成这些学术习惯需要学生拥有一定的智力与美德，同时也会促进学生智力与美德的提升，让他们成为积极的、有思想的民主公民。

我希望我们学校能提供拉里、丹尼斯、黛比和泰德所信赖的那种丰富的知识经历。他们的办学理念十分具有启发性，我参观的那些私立学校都采用了这些理念，我希望我自己的孩子和哈莱姆区的孩子也能享受这种教育。同时，我的首要责任是确保来我们学校上学的那些水平落后的孩子能在阅读、写作和数学这些基础课上迎头赶上。我相信我们一定能实现这两个目标，事实上我们必须做到。

第 6 章

奋力一搏

Down to the Wire

为了赶在三个期限之前完成三项任务，我夜以继日地疯狂工作。1月，老比尔·盖茨要检查我的商业计划；3月初，要完成特许申请表；马丁·路德·金纪念日后，要向新学校创业基金做汇报演示。每个任务都不允许有半点差错，而且我需要得到盖茨基金或新学校创业基金的投资承诺，特许申请才有可能被审批通过。

我不断地给唐、拉里，还有我遇到的其他学校的领导打电话，他们毫不吝惜地在各个方面给我提出意见，从教师招聘到学校设施。学校设施成了拉里的咒语，每次我打电话给他，他一接电话就会问："纽约的黛博拉·肯尼，找到教学楼了吗？"

我还需要一个人来指导我如何应对纽约市复杂的教育政治机构。要知道，纽约市最早开办的几所特许学校都只经营了两年就关闭了。据朋友们透露，教育改革中心的塞·弗利格尔了解纽约市教育界的一切规定和所有人。塞曾是一位持有独特见解的学区主管，他知道如何与那些机构周旋。

一个寒冷的早晨，我坐火车去市区见塞。他的办公室位于西—44街。到那里后，塞向我介绍了他的同事哈维·纽曼。哈维曾是一名校长。我们三个坐下来聊天，哈维和塞给我讲了他们以前的经历。20世纪70年代，他们曾在东哈莱姆和其他的改革者，包括黛比·梅尔，一起创办了一些小规模的学校，那些学校属于替代性公办学校，没有单独的教学楼，只能蜗居在较大的公办学校的教学楼里。

塞就像一位有爱心、聪明的叔叔，对于创办学校的一切，他再了解不过了。特许运动尚未登上历史舞台，他和他的同事们就在为学生家长争取自由选择学校的权利。在他们的努力下，他所在的东哈莱姆区赋予了家长为孩子选择学校的权利，这种自由市场的观念在当时看来非常激进。

由于他的学校当时并不像特许学校那样可以不受教师工会的控制、拥有自主权，塞就叫他的学校领导对工会实行"创造性不服从"。这是什么意思呢？塞讲了一个故事来解释这种做法：一天，一位老师拿着转岗通知书来到塞所在的学区办公室。根据工会规定，老师有权利选择愿意在哪所学校执教，所以那位老师其实就是去告诉塞他要在塞所在的学区执教了。塞问这位老师为什么想来东哈莱姆执教，他回答说："只有申请转岗我才能避免得到不好的评级。"塞心里知道，根据工会规定，他必须接受这位老师的转岗，但他并不愿意服从，于是，他看着这位老师，明确地说："你不能在这里执教。把通知书拿回你之前所在的学区，告诉他们，我们学区没有职位空缺。"他违反了工会规定，但正是这种气魄令我仰慕他。

哈维曾是塞主管的校区的学校领导，20世纪70年代中期，他主管着位于108号街的东哈莱姆街区学校。他说："塞总是护着我们。以前，我的学校里有一位很差劲的老师。他为人非常和善，但教学水平真的很差。我一直在帮助他，希望能让他成为一位好老师，但他真的是能力不够。我实在无法让他在学校继续执教了，就给他放了两周假，让他去另找一份工作。可是其他老师都很喜欢他，都来向我求情。我告诉他们："我明白你们的心情，但是你们想象一下，如果他是你们的孩子的老师，你是什么感觉？"会议结束的时候，他们都理解了我的决定。事情就是这样，关键是在这个过程中，塞一直在支持我。他保护我们这些学校领导，让我们可以不受工会规定的约束，把学校管理好。但让人失望的是，教育体系并未改变，直到今天，工会规定并没有任何改动。如果你想解雇一位差劲的老师，要花上好几年的时间，整个过程会耗得你精疲力竭。你要参加听证会，接受上诉，然后又要参加更多听证会，并且要不断地接受评估，工会总会在程序的细节上拖住你。工会能让解雇不称职的老师这件事变得比登天还难。"

塞说："还好你要办特许学校，就不会受这些约束了。你的学校打算采用什么样的管理结构呢？"我不太明白他的具体意思，但这个管理结构好像很重要。他说："黛博拉，你要掌控好学校的一切。如果董事会没有设置好，最后会一团乱。"塞给我讲了一个故事作为前车之鉴：一位学校领导本来出于好意，却错误地将董事会设置为与一家当地社会组织合作，而这个组织的动机与他的学校相悖。董事会成员总是以他们团体的利益为重，而没有考虑学校的需求，所以他们总是与这位学校领导争吵。由于这种长年累月的意见上的不和，学校情况每况愈下，最后濒临关闭的边缘。

我很感谢塞提供的警示，他讲的故事也让我感到紧张。我还有那么多尚未了解的事，我很担心这些事会导致失败。于是我问他："有没有什么课程或者手册专门讲解如何创办特许学校，并且简单介绍了如何避免那些容易犯的错误、成功的关键点，最好还能提供全面的任务清单？"

听我这么问，他惊讶地看着我，仿佛刚才那个问题是他听过的最天真的问题。但他还是耐心地说："亲爱的，没有。但我有样东西要送给你。"他站起身来，从书架上抽出一本书，在上面签名后递给了我。在回家的火车上，我翻开了这本书——《东哈莱姆的奇迹》。

塞还帮我联系了特许学校资源中心，这是个新成立的组织，只有三名工作人员，他们的目的是帮助志在创办学校的领袖完成特许申请。

与特许学校资源中心的格里第一次见面时，他问我是想申请纽约州立大学特许权还是纽约州教育厅特许权，这是纽约州两个不同的特许权认可机构。

我回答说："我也不确定。我之前想的是纽约州立大学特许权，但那只是因为我曾在亚特兰大见过他们的主管。我其实并不了解这两者的区别。"

他笑着说："哇，看来你还要好好了解一下不同的政见将会对你的学校产生怎样的影响。你必须要见见汤姆·罗尔。"

汤姆是位谨慎的教育改革者，奥尔巴尼市之所以能通过特许法，他在其中起了关键作用。他曾在纽约州政府任管理职位，并且也在筹备创办自己的特许学校。我见到了汤姆，他强调说在申请特许权时选择适当的认可机构是相当重要的。他说："许多州建立了特许法，而法律中规定唯一的认可机构就是州教育厅，这就好像在同一街区让麦当劳来认可汉堡王一样。所以，州长在纽约州建立了两个认可机构。当我们为了推行特许法而努力的时候，工会人员也在争取他们的利益，他们虽然没能阻止政府批准特许法，但他们在更大的层面上赢了，比如限制了特许学校的数量，也减少了特许学校从政府得到的公共资助。"

"孩子们那么需要优质的学校，为什么他们如此坚决地阻止我们经营优质的学校呢？"我十分不解地问。

汤姆率直地说："为了钱和政治权力呗。特许运动的发展证实：有了创业活力、教学效果考核制和家长选择权，我们就能真正改善公共教育。这对工会垄断地位来说是巨大的威胁。"

毫不夸张地说，政治斗争令人痛苦。这些当选的官员和组织简直是在浪费孩子们的生命，一想到这个，我就非常气愤，但我不能让自己陷入无尽的沮丧中。于是我向汤姆确认道："那么选择向纽约州立大学提出申请更好？""当然！纽约州立大学的董事会是由州长直接任命的，而州长是支持特许的，所以这个机构十分支持特许学校。而纽约州教育厅则刚好相反。教育厅要向评议员汇报工作，而评议员是由州议会任命的，州议会又受控于教师工会，为了得到工会的支持，让他们顺利当选，议会必须按照工会的需求进行投票。"

然后，汤姆又说了一段话让我最终打定主意："另外，州教育厅可不是通过工作表现来进行管理。他们只需要你绝对服从，他们是官僚机构。黛博拉，答案应该非常清楚了。"该了解的都了解了，我决定向纽约州立大学提出申请。

　　我还要了解纽约州立大学对申请表的考查重点，所以我去拜访了鲍勃·贝拉菲奥雷。鲍勃是纽约州立大学特许学校学院的院长，他曾是帕塔基州长的第一任新闻秘书和首席发言人，我在亚特兰大和他有过一面之缘，当时就约定要找个时间聚一下。我和鲍勃约好了在阿尔岗昆酒店见面。鲍勃一边喝着咖啡，一边说："州长真的是特许学校的先驱啊！"他告诉我，在两年前的12月一个寒冷的午夜，面对工会的极力反对，帕塔基州长极力争取让州参议院通过特许学校法。最后，州长承诺为州议会加薪，这项法令才得以勉强通过。

　　这次见面虽然不是一次正式的面谈，但给我感觉很正式。鲍勃就我的背景和计划提了许多问题。他很明确地告诉我：书面申请只是申请特许权的步骤之一。提出申请后，一个由教育专家组成的评审小组会对申请人进行评估，决定他们是否有资格开办学校，并将评审结果告诉纽约州立大学董事会，通过评审的申请人最后还要接受董事会的最终面试。

　　要获得创办特许学校的资格可不是件容易的事。鲍勃告诉我，纽约州的认可程序尤其严格。光是申请书就分两册，第一册有十一项内容，包含五十七份附件，而第二册则要提供八份佐证材料。整个申请书涉及你能想到的关于这所计划中的学校的所有问题，包括学生课程表、员工配置、招聘计划、职业发展规划、考试安排、家长参与活动、校纪校规、教学日历、课外活动、特殊教育及课外辅导等。

　　特许认可机构还要求申请人整理好学校运作的详细计划：如何运用办学技术？怎样保证校内安全？如何管理学校、处理数据、设置财务体系？怎么安排学生的早餐、午餐和看护？还有学校的人事制度、薪水账册、制度规章、工作汇报制度、学生校服、融资政策、设施维护、设备采购、人身保险等。要想让特许认可部门考虑我们的申请，这些方面都要有周详的计划。

其中最重要的任务是：我要收集当地社区的居民签名以证明他们支持这所学校的开办，建立可信度高的理事会，还要制定一系列政策，如行为规范、学生手册和员工手册。

要在期限之前完成所有这些工作，真是难以想象。然而，还有一件当务之急：要确定教学楼。唐和拉里曾经提醒过我，政府不为特许学校提供教学场地，所以，特许申请表里要求申请人提供一份详细的、长远的学校设施筹备计划。我必须找到一栋楼，把它租下来，进行整修，作为创业前期、学生人数还不多的这段时间的临时教学场地。等到就读学生额满时，我要再去找个地方，买或者租甚至重新建造一栋楼，作为永久性教学场地。

我后来得知，当时很多州为了让特许法得以通过，答应了工会的谈判条件——不为特许学校提供办学场地。工会使出了浑身解数争取到了这一条款，这项条款正是他们削弱特许运动的一个重要方法。通过这种方式，他们让想办特许学校的人把宝贵的时间花在筹资和筹备教学设施上，而不能专注于教育本身，从而让这些不受工会约束的特许学校难以得到长足发展甚至举步维艰。

我开始积极准备特许申请书，以确保每个部分都写得出彩。新学校创业基金的金介绍我认识了丹尼尔。丹尼尔很年轻，是斯坦福大学的工商管理硕士，现任高盛集团分析师，他也曾经在爱迪生学校任职。他教我如何用Excel创建一份全新的财务模型。连续几周，我们都待在他父母位于曼哈顿上西区的房子里，为学校做预算和财务增长计划。与此同时，我的邻居大卫对房地产很熟悉，他主动提出帮我找教学场地。

我还需要在特许申请书里附上学校创办第一年以及后续五年的实际开支和外部资金承诺书。特许学校能得到政府一部分资助，然而，这些资金并不能满足每个学生的教育成本，因此，承诺书里要写明用于补偿这部分差额的外部资金来源。特许学校仅仅依靠政府资金是远远不够的，这主要是由于以下四个原因：其一，在学校正式开办前，就产生了一些启动成本，如员工的薪资及办学物资；其二，教学设施成本；其三，特许学校开办时，只招收一个年级的学生，然后一次只能扩招一个年级的学生，所以，在办学的前几年，无法从规模经济中获益；其四，特许学校从政府获得的每个学生的教育资助比传统公立学校少，所以特许学校要自己筹资以补偿这种差额。特许认可机构对这些情况了如指掌，所以他们要事先问清楚外部资金来源。

为了做出一份详尽的财务计划，我们要和差不多十几位商务专家和教育专家交流，每次了解一点情况，慢慢拼凑出我们的预算。

我一边和丹尼尔做预算，一边还要和安德鲁一起回答申请书中的数百个学术问题。我在申请书中首先阐明了"以人为本"的办学方针，然后描述了课程设置和教学项目，虽然我知道招了老师以后，这些设置和项目都要更改。

凌晨两三点钟，我还忙着回答各种问题，有些问题很难，有些很荒谬，可是每个问题都要回答：打算什么时候开学？招生计划是怎样的？招生计划的理论依据是什么？学生要达到哪些要求方可拿到毕业证？学校的穿着规范是怎样的？你们将如何遵守特许法？（这个问题怎么回答？通过遵守它来遵守它啦！）

申请书中还要我们说明为什么必须开办这所学校。这个问题还需要回答吗？2000年，正是在我们申请办中学的哈莱姆区，78%的八年级学生阅读水平没达标，87%的学生数学不合格。其实，哈莱姆区已经连续几十年被评定为全国教学成绩最差的学区之一。1966年，罗伯特·肯尼迪在各界领导的陪同下到访哈莱姆的时候，就做出过这样的总结：“哈莱姆最大的问题明显是教育问题。”尽管这个问题显得很多余，我们还是要认真做答，因此，我们在申请书中写道：

这些学生受困于现在的贫富状况中。由于学生小时候没有接受良好的教育，高中的退学率自然会很高。如果一直得不到良好的教育，这里的孩子们注定会一直贫穷下去。情况已经非常紧急了，孩子们应该得到更好的教育。

我和安德鲁经常到凌晨还在相互发邮件交流申请书和商业计划的修订方案、特许申请问题的草拟答案、相互提问并整理第二天要商榷的内容。

期限快到时，丹尼尔去了俄罗斯一周，但我还是坚持发邮件给他。他回复说：“黛博拉，你疯了！你害得我现在找了个网吧，在莫斯科还要研究特许申请书！”

就在我每夜忙着准备申请材料期间，孩子们也在不知不觉地长大，尤其是瑞秋，她已经长高好几英寸了，该买新衣服了。一天下午，我带她去专卖店买牛仔裤，埋单的时候，我和她在收银台聊起了她的英语课，收银员却告诉我，我的信用卡刷不了。我第一次遇到这种情况。

我一心只顾着工作，却没意识到钱已经用完了。我让店员把那条裤子先收起来，告诉瑞秋过几天我一定回来给她买这条裤子。回到家，我开始想办法。

那天晚上，我花了大半夜的时间做时间表并计算生活开支。我想算清楚在得到盖茨基金的拨款和特许被批准之前，究竟还需要多少钱。我们已经快成功了。算出的结果显示：要想维持生活，可能要找份兼职了。但当时我一边照顾孩子一边完成办学的工作，每天已经至少工作18个小时了，如果要抽时间来做兼职，就意味着我们不可能按时完成商业计划和特许申请书了。

我还要还房贷，又没有固定收入，银行也不可能贷款给我了。第二天，我只好打电话给邻居大卫讨论这个情况。他主动帮我们找教学场地，如果特许获批，他也将成为学校的理事。

大卫说可以借钱给我。想到接下来的每个月，我将一步步陷入债务中，我感到很不安，可我们已经为学校做了这么多准备工作，不可能放弃。如果我一直想着我承担的那些风险，就不可能专注地工作，所以我干脆把这些烦恼都抛诸脑后，接受了借款，对他的慷慨表示感谢，然后继续努力。

同时，儿子艾维的13岁生日，也是他的犹太教成人礼，就要到了。

筹备成人仪式和生日聚会当然比写特许申请书简单多了，但对我来说，这可是件意义重大的事情，我也希望能给他留下美好的回忆。我们准备在犹太会堂的多功能室里举办一个午餐会，晚上再举办一场孩子们的聚会。

我想让孩子们明白：尽管他们的一些朋友能举办更高档的聚会、住更大的房子、家里有昂贵的车，但我们的生活已经非常舒适优越了。我总是伺机让他们知道：我们生活得比全世界99%的人都要富足、幸福。开车的时候，如果广播里插入一条彩票广告，我就会告诉他们："假如我们中了彩票，我不会用奖金去买更大的房子来住，因为还有很多人在挨饿。你们觉得应该把这几百万的奖金捐给哪个慈善机构呢？"

由于没有乔尔在场，这个成人礼比我们想象的艰难许多。仪式期间，好几次有人忍不住哭了。虽然叔伯祖父们在不断为艾维祷告，但大家都觉得，乔尔理应站在他儿子艾维旁边陪着他接受成人礼。

但艾维的表现让我们深感骄傲。他在演讲中说："我明白，生命的意义不在于我们能得到什么，而是我们能给予什么。妈妈经常告诉我们：'一个人得到的越多，就要付出越多。'现在我成人了，我会履行我对上帝、家庭、同胞和世界的职责。"

我感谢每个人，尤其是我们家族成员——表亲、叔伯们，姐夫查克、父亲、公公，还有乔尔的兄弟们。他们一起把坐在椅子上的艾维连同座椅高高举过头顶，唱着歌，为我那优秀、贴心、善良的儿子庆祝。

然而，遗憾的是，不论有多少人为他庆祝，那个对他来说最重要的人却没能出席。

　　那天深夜，我和艾维单独待在家里的娱乐室里，我看得出来他很难过，就关切地问："艾维，你还好吧？"他突然大哭着说："我想爸爸。"通常，在孩子面前，我都会忍住不哭，因为我不想让自己的伤心带给他们心理负担。但是那天，当我看到艾维哭泣，我知道可以让他明白我们每个人都和他一样想念乔尔。于是，我把他抱在怀里，和他一起哭泣，甚至忘记哭了多久。

　　再过一个月，老比尔·盖茨就要审阅我们的商业计划了。我打电话给盖茨基金的汤姆·范德·阿克，告诉他我们会按时提交商业计划，同时也提醒他：需要他提供一份资助承诺书，我们申请的两个特许才可以得到批准。

　　电话那头，汤姆若无其事地说："黛博拉，你那边进展得不错嘛，但是我要提醒你一下：新学校创业基金的人在劝说我向他们投资，而不是直接资助你。他们可能成为我们在纽约的中介，如果是这样，他们会将你们学校和其他学校的融资申请放在一起比较，然后决定投资给哪所学校。不过我还没最终做决定，所以还不知道会怎样……"

　　听他这么说，我很受打击。当初我们可不是这么说的，而且这和当初谈的差别也太大了。假如新学校创业基金愿意拨款给我，资金也只是盖茨基金拨款的很小一部分，远远不够我创办学校。这些资金即使能让我支持几个月，到了明年，我又要忙着继续筹资以弥补差额，哪里还有时间和精力去招聘优秀教师、向有经验的学校领袖学习办学经验。这还是乐观的情况。如果新学校创业基金决定不资助我，那我又该何去何从呢？

　　我要崩溃了，却又要强迫自己迅速想办法挽救，于是我对汤姆说："下个月，我要去西海岸向新学校创业基金做一次报告，你看我们能不能在西雅图见个面，当场讨论一下我的商业计划？"我的想法是，如果能和汤姆见上一面，或许我还有机会说服他坚持当初的计划。他很爽快地答应了。我还有一线希望。

　　马丁·路德·金纪念日的那个周末前，我坐飞机去加利福尼亚。我将在那里向新学校创业基金的金推荐我的办学计划。然后在西雅图做短暂停留，向汤姆说明一下进展的情况。

　　新学校创业基金位于旧金山的办事处，那里阳光普照、十分明亮，办公室的窗户很大，室内空间开阔，还有一个很大的会议室。我前一天晚上已经和顾问莎拉预演了一遍今天要做的汇报。今天是至关重要的一天，我穿着那套常穿的冬季套装，到星巴克买一了杯茶，然后早早地到了他们办公室。金一见到我就说我穿得"非常纽约范"，因为套装是全黑的。

　　这是我生平第一次用幻灯片进行汇报展示，因为唐和拉里都告诉我：新学校创业基金喜欢看到展示中使用大量图表和数据。这完全不符合我一贯的即兴风格。

　　汇报完毕后，我也不知道金是否会决定给我的学校提供启动资金。就这样，带着完全不确定学校是否能成功创办的心情，我离开了新学校创业基金。

　　在我赶往机场，准备飞去西雅图见汤姆的途中，父亲打来电话鼓励我说："亲爱的，你就要和他们面谈学校的事了，我为你感到骄傲！"

汤姆和我在万豪酒店共进早餐，其间，他问了我许多关于商业计划的问题，但始终没有透露他是否做了决定，我有些担心。

回到纽约，我尽量先不去想资金问题。我们疯狂地连续工作数周，终于完成了特许申请书，光是打印这些要求的资料我们就去了好几次金考公司。这成百上千张纸装了好几箱。有一次，我甚至坐在金考公司的一堆纸箱上，在打印机旁睡着了。

孩子们和邻居埃里克一起帮我整理申请书。埃里克是艾维最好的朋友，以前总是在我们家玩。我们连续两个晚上——孩子们穿着睡衣，我穿着灰色运动裤——一起装订这些材料。我不明白为什么认可机构不允许提交电子版，如果能把这些文件用电邮发给他们，那可省事多了，可是不行。我们要提交两所学校的申请书，每所学校的申请书包括两本，而每本材料由数百页纸装订而成。我们要严格按照认可机构的规定整理好每一本材料，还要将每本材料打印十份，所以总共需要打印和整理四十本申请材料。

2002年3月8日，我们将这数千页申请材料送往奥尔巴尼，同时祈祷能够获批。在申请书的结尾处，我们向认可机构提出了请求："带着强烈的紧迫感和责任感，我们提交这份申请。孩子们非常需要，也应该得到优质的教育，而我们希望能为他们提供优质的教育。"

特许申请是创办学校的关键部分，但这仅仅是第一步。大概一个月后，我们还要接受特许认可机构的官方面试。在这之前，我们必须得到盖茨基金或新学校创业基金的资助承诺书，否则，我们的申请不可能获批。

一个阳光明媚的周四，下午四点半，孩子们刚刚出去骑车了，我独自一人在地下办公室里为面试做准备。这时，电话响了，是新学校创业基金打来的。他们开门见山地告诉我：他们决定不资助我的学校。做出了那么多努力，我还是被拒绝了。

我对他们将我的项目列入资助候选表示感谢，然后打电话给汤姆，我尽量让自己的语气听起来不那么绝望，说："没事，就是想看看你们决定了没有。"现在，我整个创办特许学校的梦想就看盖茨基金会不会给我提供启动资金了。汤姆说："我很看好你的商业计划，已经把它交给老比尔·盖茨过目了。"谢天谢地！我如释重负。他接着说："只是还有个小问题。"听他这么说，我紧张地屏住呼吸。"我们这一期的资金可能已经用完了，你可能要等明年了。但是你不用担心，明年我们会第一个拨款给你。"

听到这个消息，我心里一沉，可是没有时间让我难过，我必须马上见到他，说服他改变主意。我赶紧问他：

"你近期会不会来纽约？"

"过几周我要去纽约参观巴德学院主办的一个高中项目。"

"那一起吃晚餐吧？"

"好啊，你选地方。"

我打电话给纽约州立大学特许学校学院的鲍勃，询问我们的申请进展如何。他们将要对我们的申请进行审核。接到电话，他首先问我有没有获得资金。他还提醒我，要在面试前将资金的事确定下来。他还说："告诉你个消息，我要离开特许学校学院，成为州长的高级职员了。高级职员总顾问詹姆斯·梅里曼将决定是否将你推荐给董事会。"

在纽约，特许申请是否能得到批准，不仅要看申请书本身，认可机构对办学者的评估也同样重要。因此，我必须见见詹姆斯，并给他留下个好印象。于是我问鲍勃："我们能不能见个面呢？""当然可以。"

纽约州立大学在奥尔巴尼有个办事处，在纽约市麦迪逊广场花园附近的温佩恩广场也有办事处。第二周，鲍勃和詹姆斯在他们位于纽约市的办事处会见了我。现在，詹姆斯是关键人物。即使我最后能得到盖茨基金的资助，詹姆斯是否把我推荐给纽约州立大学董事会决定了他们能否批准我办学。鲍勃对詹姆斯说："黛博拉特别好学。你真应该在新学校峰会上见见她。当时她就像影子一样一直跟着唐·夏尔维。不论白天还是夜晚，只要我一转身，就看到她捧着笔记本，听着唐的叙述，认真做着笔记。"谢天谢地，和他们的见面还挺顺利。詹姆斯告诉我：特许申请面试上，会有几位纽约州立大学董事会的成员作为面试官，其中包括纽约州立大学特许委员会的联合主席艾德·库克斯。艾德的婚礼当初举办于白宫的玫瑰园，他的岳父就是尼克松总统。太好了，这次见面毫无压力，很顺利。

面试的日子日益临近，我必须尽快得到盖茨基金的资助，一切就看和汤姆的晚餐了。

吃饭的时候，外面下着暴雨，但我丝毫没有察觉，也无心吃饭，一个劲儿地向汤姆表达我是多么想办这所学校以及我对学校的设想。我告诉他我等不到明年了，为了让特许申请获批，我必须在5月2日之前得到盖茨基金的资助承诺书。我说："开办这些学校刻不容缓。"之前见面的时候，我们已经讨论了商业计划的方方面面——包括杰克·韦尔奇和彼得·德鲁克的管理方法、财务模式和增长模式、教学设施规划、日本的专业人才培养方法，所以这次晚餐，我决定只向汤姆表达我对学校的设想。我发自内心地表达了对弗兰克和科佐尔的评价，以及我想要创办"一切为了孩子的学校"的愿望。

我开车回威斯彻斯特，顺便把汤姆送回酒店。沿着罗斯福河向北行驶，雨越下越大，挡风玻璃上的雨刮器也坏了。父亲帮我买的都是二手车，所以车子总有些零部件是坏的。我根本看不到前面的路。汤姆叫我停在路边，他下车去修理了雨刮器。等他上车的时候，整个人都湿透了。我很抱歉地说："天哪，实在是对不起，你都湿透了！"他很冷静地说："没事，我可是来自西雅图啊，下雨对我来说是家常便饭，没什么的。"

分别的时候，我再次提醒汤姆资助承诺书的最后期限，祈祷他能带来好消息。他只是回答说："我明白你的意思。"

不知不觉就到了面试的日子，可是我依然没有收到盖茨基金的资助承诺书。两天前，我打过电话给汤姆提醒他这件事，我该做的都已经做了。

周四一早，我穿着当时在加利福尼亚穿的那身黑裤子和毛衣，走上温佩恩广场的台阶，去参加面试。我在七楼见到了纽约州立大学的理事们，由于我一直纠结于没有得到盖茨基金的资助承诺书，见到理事们也无法表现得很热情。我一直在想：汤姆深知我需要这张承诺书，我们的特许是否能获批就靠它了，他也知道今天是个重要的日子。

我竭尽全力让自己不去想资金的事。面试开始了，大家都围坐在会议室里一张很大的会议桌周围，桌子一头的主位还空着，我则刚好坐在另一头。

纽约州立大学特许委员会的联合主席艾德·库克斯走了进来，还没等坐下，他就站在桌子的那头问："我还没遇到过同时申请两个特许的先例，你为什么要申请两个特许？"我根本没时间思考，脱口而出："因为我们想改变世界。我们不是为了办学校而办学校，而是为了重新定义学校体制，所以要同时开办两所学校。"然后我继续阐述了我"以人为本"的办学策略。纽约州立大学的理事们也问了很多睿智、难回答的问题，我的未来学校董事会理事们也都发言了。整个面试内容详细且严谨，但很公平。

不知不觉，面试结束了。詹姆斯把我叫到一旁说："你的申请书写得非常精彩，是我们看过的写得最好的申请书，我们想提议批准你的两个申请，可是要知道，你还没有资金，所以我们也无能为力。"我说我能理解。

就在这时，特许学校资源中心的格里走了进来。格里的办公室在这栋大厦的36层。他对我说："黛博拉，我在办公室收到一份给你的传真。"顿时，大家都安静下来，看着我和格里手里的传真。

接过这份传真的时候，我默默地祈祷。只见在盖茨基金会的信头下醒目地写着："早上好，好消息！"信的内容是："我们很高兴地通知你，在等待纽约州特许认可机构批准你的两个特许权期间，你已获得基金会的拨款。"听到这一消息，整个房间都沸腾了，每个人都为此鼓掌，并对我表示祝贺。格里大喊着："好极了！"

詹姆斯对我说："太令人兴奋了。"然后他苦笑着又补充了一句："小心事与愿违哦。"

第 7 章

创校初期

Startup

我一直在家里的地下办公室里工作，因此要常常往来于威斯彻斯特和纽约市之间。天气比较寒冷或下雨时，一些会议则会临时取消，我只好找一家咖啡店，在里面工作几个小时，直到下一场会议开始。我几乎精疲力竭了，可学校还未开办起来。当务之急就是要在纽约市成立办公室。

我觉得用盖茨基金提供的资金来付房租不太合适，于是我将《克莱恩纽约商业》杂志里的招租广告翻了个遍，了解招租办公室的信息。我看到一家名为"影响力空间服务"公司做的广告，立刻拨通了主机号码转入经理的分机，一位叫作凯西的女士接起了电话。

我自我介绍道："你好，我叫黛博拉，我们并不认识，我准备在哈莱姆区创办一所学校，可是现在还没有教学楼，不知道能不能和你见个面谈谈，看看你们是否有可能为我们免费提供一间办公室。"凯西很亲切地邀请我去她们公司，并带我四处参观。我从没想过自己会对一间配有电话和复印机的办公室如此兴奋。谈话结束的时候，凯西说："我决定今年免费为你提供办公场地。经历了'9·11'事件，我觉得应该帮助同胞……"就是这样，一个与我素未谋面的女士愿意为我提供帮助。

　　凯西提供的这间免费办公室位于麦迪逊大街44号。我和我的创业团队在这里建立了工作室，并且用盖茨基金的拨款给创业团队成员发了工资，包括我自己。我们把待完成的数百项任务统计在一张电子表格中，对这些任务进行了颜色编码，并井然有序地一一将它们完成。我们要在秋天到来之前建立很多制度，因此，为了确保一切工作都符合规定且方向正确，大家阅读了大量资料、咨询了各种专家。

　　我们要花上大约几天到几周的时间来完成其中的一项任务，然后再去进行一些大项目，如向律师了解学生纪律法、参考其他学校的手册、制定我们学校的政策草案等，这些大项目则要花更长的时间，有的项目可能要花上好几个月才能完成。

　　安德鲁在特许申请书的创作中起了关键作用，他朝气蓬勃、干劲十足，在创业过程中他给予我很多帮助。我们在纸上列出每周需要完成的任务清单，贴在办公室的每个角落。当我们进行头脑风暴的时候，就会在墙上贴出更多图纸。不久，墙上就贴满了纸，完全看不到原本的墙壁了。大家最喜欢的词就是"搞定"，比如"搞定7年级的历史课课程标准"、"搞定员工手册"或"搞定学校用品的订购"。已经完成了三项任务，还有997项等着我们。有一次，我们都忙得头昏眼花的时候，安德鲁大喊一声"所有都搞定了"，弄得大家兴奋不已。

　　大家都竭尽全力去完成这些工作，多少个通宵达旦的夜晚，大家用可乐和曲奇补充能量继续工作。

　　一切都很顺利，或者这只是我的个人想法。我以为完成了特许申请书和面试，又达到了众多附加要求，如家长签名和理事背景审查，那些官僚机构就应该支持我们了。

但我错了。

一天,我收到一封纽约州教育厅发来的邮件,内容是87个补充问题。显然,虽然州教育厅不是我们直接的特许认可机构,但他们有权提出他们的问题。光是回答这些问题就需要在电脑前工作数周,而本来这几周时间都应该用来筹备学校的。我再仔细地看看这些问题,才意识到,教育部门把我们在特许申请中写的内容看成是不可更改的,现在打算让我们兑现每个细节。我不禁想问:如果学校章程上写着4:40放学,但我们想把放学时间改到4:45,是不是还要向他们提交一份修改稿呢?我立刻打电话给新上任的特许学校学院执行董事詹姆斯。

我问他:"如果我理解得没错的话,纽约州教育厅是要监督我们严格按申请文件中写的去做,而不是让我们对教学成果负责。这么做合理吗?"我向詹姆斯解释说:如果这么操作,问题就大了。我打算给老师和员工们充分的自主权,不可能向他们明确规定学校各个方面应该如何进行。

况且,凭经验,计划总是赶不上变化的。我们要去试验,同时要承担风险和错误,就像摸着石头过河一样,慢慢的一切才会变得顺利。我就怕教育部门会用那些关于细节的琐碎问题分散我们的精力,每次我们想做些改变,他们就要求我们提交没完没了的学校章程修订资料。

事实上,五年后,当我参加特许延期面试时,坐在评审小组面前,又经历了这种官僚作风的荒唐。督学在学校巡视了几天,和学校老师面谈,听课,又问了我们几百个问题。我愿意接受教学成果的检验，也理解这种视察是监督教学质量的重要手段，但他们问的一些问题实在可笑。一位评审官很严肃地问："我们知道你管理着多所学校，但学校里的学生并不了解这个。你把学校命名为'哈莱姆乡村系列学校'——用的是复数，你不觉得有问题吗？"听到这个问题，我突然大笑起来。当然，我立即意识到自己的失态可能影响到对学校的评估，忽然想起电视剧《白宫风云》里我最喜欢的那个场景：白宫新闻发言人茜洁·克蕾格和我一样，听到一个愚蠢的问题不禁大笑，她立即掩饰说："不好意思，我刚刚想到一件发生在财政赤字上的趣事。"于是，我依葫芦画瓢，看着提问的那位督学，一本正经地说："不好意思，我刚刚想到一件发生在校名上的趣事。"面试结束后，大家都因为我没能掩饰住对官僚机制的鄙视而笑翻了。

我之所以决定创办特许学校，就是为了不受官僚机制的约束，全心全意地教学。

詹姆斯完全理解我，他让我带上申请材料到他办公室去。

我花了整整一天时间，赶在特许获批之前，修改了学校章程的各个方面。我在每个问题和回答的内容上加上"大概、也许、草稿、初步"之类的词。幸好詹姆斯当过律师，但我尤其感谢他理解这件事对我来说很重要。如果说我要保护以后将在我学校执教的老师，那我做到了。那些官员可以浪费我的时间，但我绝不让他们浪费我的老师的时间。

在教育规划上，我们的进展比较顺利，但在寻找教学楼这一问题上，我才刚开始，确切地说，根本毫无头绪。

安德鲁和我一起去密尔沃基市参加全国特许会议，希望能更加了解特许学校。安德鲁去参加一场关于课程设置的会议，我则要先去参加一场专题讨论会。现场坐满了正在认真做笔记的特许学校创办者，台上的演讲者简明扼要地概述着开发教学设施的各个方面：寻找地点、获得场地、法律程序、筹集资金、修缮翻新、施工管理、设施维护等，信息量太大了。我只听了15分钟就出来了，因为我知道最高效的做法是找一个房产专家帮忙，而不是自己亲自去学。我和安德鲁碰面后告诉他：我没有能力开发教学设施，更重要的是，参加速成班铁定没有用。我打趣地说："也许他们还开设了如何成为一名牙医的课程呢。"他也开玩笑地回复说："你去参加牙医班，我就去参加脑外科班。"

对于政府不给特许学校提供教学设施这件事，我始终无法释怀。过不了多久，麦克·布鲁伯格市长和乔尔·克莱因就要到纽约市来，他们会成为全国最具改革精神的市长和校长。只要他们能够以孩子的利益为首，就是有远见的领导。他们会平等地对待所有孩子，会为这些曾经就读于公立学校，现在转到特许学校上学的学生提供学习场地。但这些还只是我们美好的愿望，还未实现，所以我们只得把宝贵的时间和资金用在找教学楼上。

很幸运，我发现了一个新成立的专门进行特许学校设施开发的组织——花旗地产。安妮·特斯古维尔是花旗地产的创始人之一，她花了整整六个月的时间帮我一起在哈莱姆区寻找教学场地。我们找了所有可能的地方，包括空停车场、废弃的办公室，还有教堂地下室，但有的不适合教学，有的则价格太贵。每天早上7：10，就在我走向火车，其实多半是跑向火车的时候，我们准时通电话，相互汇报最新进展和后续安排。（我总是把通话时间安排在像这种行走的时候，因为作为一个单身母亲，我必须充分利用每一分钟。）

一个周五的下午，安妮打电话给我，说："你赶紧到东哈莱姆来见我！"

我向她解释说："好的，但我现在正在出租车上，要去城市另一头面试一名会计。两个小时后见可以吗？"可安妮坚持叫我立刻去。

她劝我说："如果你找不到教学楼，可能就没法办学校，那还要会计干什么！这个地方特别合适，这可是千载难逢的机会。有几个人争着要租这里呢，他们今天会决定把它租给谁。黛博拉，你必须马上来一趟。"听她这么说，我打电话给那位会计道歉，让出租车司机掉头开往第一大道。

当我到达120号大街时，一下车我就明白为什么安妮坚持让我来了。这里的确再合适不过了：这里曾经是一所公立学校的教学楼，后来被改为社区中心。大楼旁边就是一项公共住房工程。

安妮在大厅里等我，我们一起上到二楼去参观。这里由东哈莱姆区社区改良委员会监管，委员会的主管告诉我们，还有其他一些机构也想租下这里，其中包括另一个特许学校。我向这位主管说明了我们办学的愿景和规划，用各种方法向他证明我们会是很好的承租人，一个小时后，租约成交。

虽然我们需要给这栋楼重新接电路、铺砖、粉刷，并进行其他翻新工作，但至少这里有墙和门窗，而之前看的其他地方连这些都没有。接下来的任务就是要找到建筑工程承包商。

　　尽管有做不完的任务要去完成，我还是坚持尽量抽时间去参观一些优秀学校。纽约并没有举办有关创办特许学校的培训，所以我只能自己摸索。我将东北地区最好的特许学校、私立学校和学区公立学校列了一张清单，去进行实地考察，参观几十所学校、与校长面谈、观摩课堂教学并向他们咨询了大量的问题。

　　南波士顿海港学院因学生成绩在各学校中名列前茅而出名，而且学校创始人布雷特·佩西享有很高的声誉。我第一次去这所学校参观的时候，就觉得他是位说话温柔、聪明敏锐且谦恭有礼的人。

　　那天，他很详尽地向我讲述了创办和管理学校时会遇到的实际困难。对于学校教学的各个方面，包括学校教师、学科设置、课间休息时间安排、课外活动社团及作业文件夹等，我都颇感兴趣。我很喜欢和他交谈，于是问他能不能再见一面，他很爽快地答应了。更让我意外的是，他主动提出在接下来我筹备学校的四个月里，每周都和我见一次面。想到仅仅一天时间，就受益匪浅，而且还有许多疑问等待解答（每个问题后面还有至少五个后续问题），我毫不犹豫地接受了他的提议。

　　下午两点十五分，布雷特问我饿不饿，我回答说有点饿，本来以为他会带我去附近的小饭馆吃饭。结果，他带我走到离学校仅仅三步之遥的一个户外小摊，买了一个香蕉和一瓶健怡可乐。我惊呼："你和唐·夏尔维一样，唯一不同的是，你吃的是香蕉而不是薯条。特许学校的领导都不吃饭的吗？"他笑着说："授课日白天是不吃饭的，因为太忙了。"我太爱这些人了！

最后，那天晚餐，布雷特带我和他的一个好朋友一起吃饭，我也去过他好朋友的学校参观。我问了他们太多问题，以至于他们都开始取笑我了，但大家都很开心。我十分感激这些在我创业期间提供帮助、慷慨分享办学经验的特许学校领袖。

我逐渐发现，这些优秀的特许学校的共同点在于：老师精力充沛，学生遵纪守法，学校领袖聪慧过人、干劲十足。

我去康涅狄格州纽黑文市的阿米斯特德学校参观时，和学校的创始人之一道格·麦科里一起走进一个五年级的语音课课堂。老师在教学生读单词："请一边读一边用手指一起比画。这个单词读作Blast，B-l-a-s-t。好，这个单词怎么读啊？"同学们异口同声地马上回答道："Blast！"

在以前就读的学校，这些学生年复一年，落下了许多内容，现在在这所学校，终于得以一一弥补。但教育资源的不公平实在骇人听闻，五年级的学生还在学习字母的发音。而附近的耶鲁大学教授的孩子们早在幼儿园时期就已经学会了字母的发音。

回到纽约，大家都建议我见见布朗克斯预备学校的创办人克里斯汀·卡恩斯·乔丹。这所学校仅仅办学两年，但它是纽约市仅有的几所特许学校之一，所以大家都认为克里斯汀是位特许学校专家。见面后，她问我："你做了详细的预算吗？"我回答说："做了，但也没做。"她不明白我是什么意思，于是我向她解释说："我认为在招聘到第一批教师之前，学校的预算，甚至学校其他各方面都还有待商榷。我还不知道老师们想买哪些教材，所以也无法算出确切的开支。"

她对我的想法表示很怀疑，她说："这样太不切实际了。如果让老师自己选教材，你最后会浪费很多钱。难道每次招来新的老师，你就订一批不同的教材吗？"她说得很对，对这一点，我的确没有考虑清楚。我现在有点担心了，但还是决定给老师充分的自主权。我把这一点记在笔记本上，这个问题有待解决。

克里斯汀又带我参观了学校。由于学校的临时教学设施已经不够用了，学生们要在活动房屋里上课。她告诉我："办特许学校真的不是件容易的事，但是我们会尽全力帮助这些孩子。"所有创办特许学校的人都是这么想的。

一天深夜，在邮件讨论中，阿米斯特德学校的道格·麦科里给我和其他特许学校领袖们写了一段话，并以"亲爱的特许狂人们"作为开头。我喜欢这些教育改革者的活力和企业家精神。"创办优秀学校"项目的创始人琳达·布朗后来对她的一位观众说："如果你在阵亡将士纪念日的那个周末给特许学校领袖发邮件，5分钟之内就会收到回复，真正的特许学校领袖就是这样高效、务实。"

但经过几个月的观察，据我了解，最重要的一点是：每所学校都有自己的办学方法。一些优秀的特许学校大量使用数据，但另一些学校则不会；一些学校领袖认为暑期课程对学生成绩的提高能起到关键作用，而另一些学校则认为应该利用暑期进行教师培训。虽然我对优质学校的数据统计并不全面，但我对自己的结论相当肯定。我在笔记本上写道："优秀学校的唯一共同要素就是：教职工都是有才能且工作积极的人。优秀学校的每一个卓越教师都是无法复制的。"

第 8 章

明星教师

Rock Stars

我开始进行教师招聘面试，面试了成百上千位老师。面试过程中，我很快发现，几乎所有老师都对自己工作的学校和整个公办教育系统很失望。其中一位老师这样说道："校长就是在管理一条生产线，而老师们的责任就是保证机器正常运转，这简直是个笑话。他们根本不在乎我在做什么。"提到这个，他们的情绪从轻微的气馁变成愤怒。

我要兑现商业计划中的描述，让我们学校成为全世界最理想的工作地。我想为老师们创造一个天堂，吸引最优秀、最有才能的老师加入我们学校。

但创造这样一个天堂可比我想象的要困难得多。

对我来说，教学不是一份工作，而是一个神圣的任务，我想聘用有同样看法的人。我希望我的老师都关爱孩子、重视教学质量、享受教学过程而不是早早地想着下课，我不需要机械地完成工作或只是想来短期工作的老师。

我希望教学团队的每一位成员都强烈期待尽快根除这种教育上的不公平，希望他们都擅于发现问题，并会主动想办法解决问题。

还有一个问题困扰着我：教学效果问责制。在公办教育界，很多人反对问责制，许多教师都认为教学效果最终不是他们能控制的，因为许多外来因素，比如贫穷或缺少家长支持，都会影响教学效果。

但特许教育界持有相反的态度，归根结底就是一句话：不惜一切代价给学生最好的教育。特许学校的领袖一致认为学校就是要不惜一切代价保证学生的成绩。这一观点似乎相当清楚且正确。

教学效果问责制是个很实际的问题，一旦我们在州立测试中成绩不理想，特许权就随时会被取消。

我最终要聘用的老师一定要同意我的那些稍微有点特别的想法：尽管我们明白，老师传授给学生的最重要的东西无法用标准化的考试来衡量，但我们还是要自觉地负责在州立测试中不出差错。对于这一点，我是这么看的：如果教学质量高，连带的结果就是考试成绩优秀。老师的教学不一定要以考试为目的，但一定要高于考试。我以前经常开玩笑地说："考试是无生命的物体，它不会逼我们为了它而教学。"

要找到在教学上和我持有同样看法，同时又愿意为考试成绩负责的老师实在是很难。而且要在我们学校工作，就要愿意放弃教师工会提供的铁饭碗。一个从事教育改革的朋友给我一个忠告："如果这个应聘老师嘲笑考试，那就别考虑他了。"另一个朋友开玩笑说："当心不要聘用那种兴趣广泛的老师哦。"我听后，回复说："等等，这说的好像就是我呢！"

2002年秋天，教师学院办了场招聘会，我刚好招了一位来自"教育为国"组织的校友作为兼职招聘人员，于是，我们制作了招聘海报并设计了招聘手册，买了个黑板架，把所有招聘要用到的东西堆进我车里。周六早上七点半，我到达母校，这个位于百老汇大街120号的校园。我们与可能加入我们学校的老师交谈了六小时，并在当天与其中较优秀的一些应聘者约好进行面试。

如果面试进展顺利，我会和我想聘用的老师约好进行听课。可问题就是我们还没有教学楼可以进行试讲，所以我只好奔波于五个区之间听这些老师的课，有时，一天之内要从布鲁克林去南布朗克斯。

我约好的第一个听课的老师的简历相当出色，她在面试中给我的印象是聪明、有爱心。上午十点半，我到达她所在的高中。

我走进教学楼，找到了340教室。我悄悄推门进去，老师兴奋地微笑着请我坐到后排。她教的是历史课，课堂上来了十五名学生，其中六名学校在用耳机听音乐。

我坐下大概十秒后，一个十几岁的男生朝黑板扔了一支铅笔，其他的孩子则在下面偷偷地笑。不到三分钟，一个男生说他需要一张纸巾，走出了教室，另一名男生附和着说他也需要，跟着走了出去。其他的学生互相看了看，轻蔑地笑着。我在那里听了45分钟的课，这两位出去的学生再也没有回来。几乎所有的男生上课都无精打采，用运动衫的帽子蒙着头，女生们则穿得不成体统。一个学生的历史书书脊上写着"该死的历史"。一瞬间，我觉得很好笑。我一直在反对这种教育体制，而且也通过用自己的方式养育孩子来质疑权威。伟大的泰德·森泽一定会说这个年轻的学生是位目光短浅的怀疑论者，他只是简单地错失了自己受教育的机会。尽管这位老师很聪明也很认真，但她显然无法控制整个课堂。

虽然才听了五分钟的课，我就确定不会聘用这位老师，但出于礼貌，我还是听完了整节课，同时也在思考我见到的情景。快下课的时候，这位老师宣布学生将要以小组为单位接受一个小测验。她说："合作学习可以拿到额外的加分。"这样肤浅地理解"合作学习"这一概念实在可悲！我想，正是由于许多老师这样错误地理解和实践着这些进步的教育方法，才会造成保守主义者提倡"回归基本教学"的强烈反应。

第二周，我们去南布朗克斯一所学校拜访一位经验丰富的老师。他应聘的职位是教务主管。他曾任这所学校的教务主管，后来晋升为助理校长。我到达的时候，他已经计划好整个行程。他先带我们参观了课堂，学生们好像都很遵守纪律并认真学习。然后他带我们去到一个房间，房间里，四位老师正在回顾资料以汇报他们的教学情况。

他带着我们认真参观着一些大楼，会进去一些房间，也会避开一些房间。我意识到在他的指引下，我是根本看不到自己想要看到的东西的，于是我悄悄溜出人群，跑下楼去。我要找学校食堂，在那里才能看到他们学校学生的真面目。

当我穿过昏暗的楼梯进入食堂时，三名女警察站在放餐盘附近的角落，边聊天边吃着沙拉。食堂里，学生们在尖叫、上蹿下跳、到处疯跑。一位午餐监督员吹口哨让大家安静，但没有人理会她。

在右后方的角落，我看到一群学生围着一张餐桌。一个男生和一个女生站在桌上露骨地模仿着各种性行为动作，其他孩子边看边笑。一位成年人坐在椅子上看着整个情景，我走过去问他："学校允许他们这么做吗？"我知道这个问题很可笑，但他为什么对学生的行为听之任之呢？他没有回答我的问题，甚至都没看我一眼，只是站起来朝学生大喊，但学生完全不理会。然后他又坐下来，看了我一眼，示意我少管闲事。

这时，助理校长上气不接下气地跑过来，问道："你在干什么？一个保安用对讲机告诉我你在这里，请跟我上楼去吧。"我回头看看那些学生，对他说："我对他们的行为感到遗憾。"

下一周，我希望好运降临。我要面试一位从洛杉矶来应聘的老师。他在网上看到我们学校的招聘广告，发来邮件表示他有意向应聘我们学校，还发来四份辉煌的证明材料。他的简历非常出色，我很兴奋可以与他面谈。但由于他不远千里从西海岸飞来参加面试，而且还要去其他几所学校，我无法亲眼看他教学，所以他发来一份课堂教学视频。我在家里看了这段视频，很精彩。他的学生上课很有规矩，他对课程内容也很熟悉，讲课生动有趣。他把学习变成了乐趣，你可以从学生的眼里看出他们很享受课堂。终于找到我想要的人了！我等不及要见他了。

他来到我们位于市中心的办公室，带了一个文件夹，里面装着学生作业样本、教案、学生写的证明书，以及能证明他杰出的教学成果的资料。他做的演示文稿专业且有条理。显然他之前发的证明材料都很真实。他的确很有魅力，学生们也很喜欢他。

但和他谈得越多，我越明显地发现他有一个大问题：这位老师太过于强调他自己多么优秀。我担心他的自负会让同事反感。

接下来的一周，我又面试了一位老师。她似乎有许多优点：亲切、聪明、谦虚。接下来，我要去她的学校听她的写作课。

我到她的教室时，这些四年级的学生正在笔记本上写作文，每三个学生组成一组，共有六组学生。教室的墙上贴着彩色图画，屋顶上挂着一些饰物，将教室装饰得格外漂亮，整个氛围很适合培养学生，我对她充满希望。

虽然我还不清楚他们这节课的教学主题是什么，但他们的任务好像是写一份个人叙述。学生们似乎感到很开心，小组成员在相互说话。

几分钟后，老师让大家安静，但孩子们还在讨论。她有节奏地拍了几下手，三名学生以同样节奏的掌声回复了她，而其他十五位学生仍然不予理睬。然后她大声说："同学们，你们这样是不行的，我会等你们安静下来！"又有三名学生安静了，她又说："我还在等你们安静。"我实在不明白老师们为什么大声坦白自己在等学生安静下来？这样说其实就是承认自己没有能力控制学生的注意力。她看看我，我朝她微笑，心里为她感到遗憾，但还是努力用眼神支持她。这个场景让人痛苦，她的出发点是好的，可是她根本无法控制一群九岁的孩子。

她突然大喊："大家看看第二组，他们都很安静，所以给他们加一分。"我仔细观察其他学生的反应。许多孩子转着眼珠，似乎在说："我都九岁了，才不在乎什么分数呢。"而一些之前已经安静下来的学生又开始说话了。这个方法似乎让事情更糟了。她又说："布莱娜很听话，大家要像她学习。"孩子们还是不理会她，最后她有点绝望威胁说："好吧，那我现在要开始给还在说话的同学记上方格记号，记满三个方格记号的同学下课就不能休息了。"学生们对这个还是毫不在乎，也许他们并不相信老师真会这么做吧。

一个小女孩没有举手，直接大喊："我们能不能听完昨天的故事？"老师大声回答说："除非大家都安静下来。"教室里瞬间鸦雀无声。这一定是个非常有趣的故事。这位老师只好放下当天的课程内容，开始给学生们朗读贝弗利·克利里的作品《逃跑的拉尔夫》，孩子们顿时开心起来。

大声朗读了大约三分钟后，她环顾孩子们美丽、天真的脸庞，亲切地说："我希望你们能爱上阅读，所以和你们分享我最喜欢的书。"孩子们继续安静地听了六分钟，她的声音令人心灵平静，全班都很安静。她的确缺乏控制班级的威信，但她聪明、善良，而且很爱她的学生。

突然，一位身材魁梧的女人走了进来，站在前门门口。她身穿亮橘色衣服，脖子上戴着一条银项链。一个小男孩小声对我说："她是校长。"校长声音洪亮地说："早上好！"这位老师花了差不多十分钟才让学生安静下来、集中注意力，学生们也在专心听她读故事，现在校长却打乱了这一切，所以这位老师直接忽视校长的存在，看着我，愤怒地转着眼珠，然后继续给孩子们读故事。于是校长又大吼道："我说——同学们，早上好！"她的吼叫打破了老师刚刚维持好的平静。我不敢相信校长会这样，但学生们对于校长这种打扰好像已经习惯了。这一次，孩子们回应说："早上好。"听到他们回答，校长迅速离开了。几个女孩子咯咯地笑起来，并叽里咕噜地说着什么，不到半分钟，整个班再次失控了。

最后，这位老师也彻底放弃了，她对学生说："剩下的时间你们自由活动吧。"还有整整二十分钟才下课啊。她是出于一片好心，我也为学校不支持她的工作而同情她，但我还是没有聘用她。

我们学校的招聘专员珍妮对我说："黛博拉，我们挖到金子啦！你一定要见见这位老师。她现在住在马萨诸塞州的多切斯特，但马上要搬来纽约和他男朋友一起住了。我的联络人说她特别优秀。"我听后非常高兴。听说有优秀的候选人，我总会变得很兴奋。

她叫瑞贝卡，有六年的教学经验。我去波士顿和她见面，刚一开始交谈，我立刻注意到了她的优点：聪明、真诚并且非常谦虚。她豪放的风格和过人的才智让我想起了盖茨基金会的那些朋友。

珍妮向瑞贝卡提起过我对教学成绩问责制的担忧，所以她有备而来。她带了一本资料，里面用图表展示了她的每一个学生在阅读理解能力上的进步。她温柔却不失自信地向我讲述她教阅读的方法。显然她对读写比我精通多了。

瑞贝卡就是我一直想找的那种老师。后来，我们又约好时间去听她的课。

瑞贝卡教的是五年级。到达她执教的公办学校时，我还是有些紧张。于是我邀请了一位朋友——一个在波士顿的特许学校领袖，和我一起去听课，为我提供一些更专业的参考意见。

我们一起来到学校时，学校里正响着上学的铃声。我们走向教学楼时，一名学生正在发脾气。他坐在柏油路面上不愿意起来，一位老师则在大声训斥他。这位老师见我们走过，停下来礼貌地朝我们微笑并问好，当我们打开教学楼大门走进去时，她又接着开始训斥这名学生。

在保安那里登记后，我们爬楼梯上楼。因为我们提前到了，所以我走得很慢，顺便看看周围的情况。每层楼老师都在叫喊，而学生比老师还大声地嚷嚷着，或在走廊里跑来跑去，或冲进冲出教室。当我爬到三楼时，上课铃声响了，我听到一个老师声嘶力竭地喊："现在开始上第一节课，大家赶紧坐好！"但三楼走廊上依旧混乱。

第一节课的上课铃声对学生完全没有影响。几分钟后，我们爬上五楼，还有学生在走廊里跑来跑去，走廊里依然一片混乱。我们在混乱中走向瑞贝卡的教室，打开门。

一瞬间，我们仿佛进入了另一个王国。教室里很安静，天花板上悬挂着学生制作的漂亮的手工艺品，墙上贴着文字词语的归纳图表和多彩的图画，桌上放着整齐地印着学生名字的小册子，我感觉就像到了一个充满魔力的仙境。一切都是那么漂亮、那么有条理。而且教室里还有许多书！瑞贝卡的教室里摆了三种不同样式的书架，除了书架上摆满了书，教室的各个角落、能看到的每一个地方都放着书。窗台上、黑板上的粉笔槽里、文件柜顶上，书随处可见。我也想让我自己的孩子在这样的教室里上课。

就连我们打开那咯吱作响的门时，学生们也没有抬头看我们，他们都在专注地写作文。教室的课桌被安排成合作学习小组的模式：四个五人组和两个四人组。教室里的每一位学生都安静地坐在座位上学习。

这样的课堂太完美了，但同时我也担心，会不会瑞贝卡带的这个班刚好是学校里的天才班呢？不然表现怎么会这么突出。我们学校在这方面可没法和这个学校比，我们不会在众多学生中挑出最好的学生，并把他们分在一个班里。我们学校学生的水平完全就是碰运气，大部分学生比该年级应有的水平要落后三到四个年级，甚至更差。在特许学校教书可比教这些精挑细选的尖子生要难多了，我怎么知道她是否能应对这种挑战呢？

瑞贝卡坐在教室角落的一个小桌前，正在和五个学生进行讨论。看到我们进来了，她站起身走过来了。我注意到她穿着彩色带有花形图案装饰的贴身衬衣和一条撞色裙子，脚上穿着一双木底鞋。她微笑着向我们问好，递给我们每个人一份四页纸的教案打印稿，标题为"诗歌专题小组学习"，然后迅速回到那张小会议桌和学生接着讨论。

我走到教室后面另一边的角落，看了几分钟教案。这和我在大多数优秀的特许学校看到的教案不太一样。她设计的这份教案要求学生分析一篇经典诗歌，然后运用与之相似的文学技巧和主题自己创作一篇诗歌。

我巡视整个教室，发现学生们都在将范文与自己原创的诗歌放在一起，编成一本诗歌选。他们忙着对范文进行仔细的研读和缜密的分析，这与我在其他很多市区学校看到的应试课程相去甚远。我低声对我的朋友说："这就是我想要的那种英语教学，这就是我想象中的课堂！"

我并不知道这种教学对于缺乏基本阅读能力的学生来说是否有效，我只能跟着直觉走。

大约六分钟后，学生们依然在开心地创作，没有一位学生出声。突然，一个穿着一件明显小了的短袖衫的男生没举手就站起来了。我心想：看吧，再完美的事情都会有结束的时候。瑞贝卡看了他一眼但什么也没说。他静静地离开小组，走向一个矮小的蓝绿色木制橱柜，打开柜门，柜子里放着一些小型文字处理键盘，他拿出一个键盘，轻轻关上柜门，回到座位上，开始在键盘上打他写的诗歌。见此情景，我呆住了。几分钟后，又有一些学生也开始起身去拿键盘，而每次有人走向橱柜的时候，其他的学生依然专注于自己的功课，头也不抬。过了一会儿，那位第一个去拿键盘的男生又站起来了，他走到教室另一边，将文字处理器连接到一台打印机，骄傲地微笑着将自己创作的诗歌打印出来。另外一些学生好像也完成了创作，他们从桌下拿出一些诗集开始阅读。这种自主的学习行为太完美了。

虽然瑞贝卡还很年轻，但她让我想起了萨瓦雷斯老师。萨瓦雷斯老师曾在杜波斯费里学校教二年级，她教过我的三个孩子。实际上，我们搬到威斯彻斯特也有一部分是因为她。当孩子们还小的时候，我和乔尔就去参观了许多学校，我们听过她的课，课后还和她交谈了很久，对她印象深刻。几年后，萨瓦雷斯老师退休了，搬到了马萨葡萄园岛，我还带孩子们去看望过她。在我心里，她就是美国教师的典范。她教了二十多年的二年级，并为此而感到无比自豪，我的孩子就受益于她的智慧与专业的教育。我认为所有的老师都应该像她一样，将毕生献给教育事业。

又过了几分钟，瑞贝卡站起来说："好了，同学们，请放下你们手上的功课，到地毯这边来。"

孩子们立即按照她的指挥，把椅子塞进桌子下面，迅速围拢到角落的地毯上。不到三十秒，所有的学生都在地毯上盘腿而坐，排成一个U形，面对着老师，在这个过程中没有一个学生撞到别人。瑞贝卡坐在学生中间，封面向外拿着一本诗集，让学生们都可以看到封面。一个男生有点坐不住了，他挡住了两个同学的视线，瑞贝卡立刻提示他："约翰，快点退后。"全班沉默了大概两秒钟，但约翰并没有听从命令。瑞贝卡继续把书的封面对着其他同学，让他们的注意力都放在书上，但她自己则很严肃地看着约翰，压低声音对他说："马上退后！"约翰立刻退到后面，她露出了大大的笑容，开始读埃洛伊莎·格林菲尔德写的诗《亲爱的，我的爱》。

一个小时的课程很快过去了，我还依依不舍，但我该去洛克斯布里的一所学校参观了。走出教室的时候，我的朋友问我怎么看。我回答说："我很喜欢她，也喜欢她安排的诗歌分析。这堂课上得太精彩了，我都希望她是我自己的孩子的老师。你觉得呢？"

朋友对我的看法表示同意："她很聪明，但你最好问问她对考试和教学成果问责制的态度。"

第二天，我回到纽约的时候，招聘专员珍妮已经确认过瑞贝卡教的那个班并不是学校精挑细选的天才班，都是随机挑选的学生。我听后，兴奋地说："好的，我今晚给她打电话。"

晚上七点半，孩子们都在做作业，我到楼上卧室打电话给瑞贝卡。她说她已经跟她男朋友说了想加入我们学校。我告诉她我很喜欢她上的课，还想问她几个问题，于是我再次问她对于考试和教师责任制的看法，她礼貌地回答说："正如我上次告诉你的，我很愿意为教学结果负责，请你相信我。"我又问了最后一个问题："具体来说，为什么你愿意来我们学校工作呢？"她毫不犹豫地说："是你对学校的愿景。没有人相信你能创办这样一所学校，而我想和你一起挑战一下。"

到目前为止，我已经观摩了几十所市区学校的课堂，每位数学老师几乎都用同样的方法教数学。他们用儿歌、游戏和练习让数学变得有趣，他们编写了许多说唱歌曲和口诀帮助学生记公式。一开始，我很喜欢这些方法。比起市区学校一些课堂的枯燥与失败，这种课堂的确让人印象深刻。但我问自己那个最关键的问题：我想让自己的孩子以这种方式学习吗？从内心发出的声音说："不，我不想。"我不想让自己的孩子通过记一些口诀来学习数学。我希望他们能钻研难题，通过自己的努力认真思考如何解决这些难题。我希望他们能打心眼里爱上数学，陶醉于掌握复杂数学概念的挑战中，而不是通过唱歌来帮助记住一个公式。我要找一位开创性的数学老师，他必须和我有同样的看法且具备这种能力，我会开心地将自己的孩子交给他来教导。尼克就是我要找的人。

在位于市中心的办公室里，我对尼克进行了首次面试。一见面，我们就因为一本俩人都喜欢的书而聊得很投机。这本书是《教学的差距》，书中描述了日本、德国及美国在教学方法上的差异。书中还介绍了日本老师运用的一种提高教学能力的方法——教学研究。在教学研究中，老师们一起备课，相互听课，然后一起讨论听课的反馈信息以改进教学。其实，尼克当时已经参加了新泽西州帕特森市的一个教学研究小组。

尼克说起话来很温柔而且十分专业。我们都对教学研究很感兴趣，一个小时的交谈中，你一言我一语就没停过。当听说我要在自己创办的这所学校里推广教学研究时，他喜出望外。

尼克和我一样，都喜欢成熟的教学，这种共同的想法一下拉近了我们的距离。我看过的大多数老师都是先给学生讲解解题过程，然后给出一个具体的例子，最后再让学生独立练习。他们把这个过程称为"我做—我们一起做—你做"。尽管他们用歌曲把这些枯燥的内容变得生动，但我还是不太喜欢这种方法，因为这种影子教学的方法实际上在课程一开始就把结论给了学生。但我希望我们的学生可以像新加坡和日本的学生一样，自己去钻研问题。我想让每个学生在老师的悉心指导下自己找到解题方法。换句话说，老师不应该承担主要的解题工作，而是应该让学生自己去思考和解答。而且我认为不只是数学，每门课都应该采用这种教学方法。其实，由于我这种想法十分强烈，所以我们在特许申请书里就强调说："学生应该在学习中承担主要的思考工作。"这种想法将在未来的日子里成为我们的教学指导思想。

尼克说："老师就应该让学生们自己去做，自己只需要充当教练的角色，看看大家做得如何。然后通过看到的情况有针对性地帮助学生进行突破。"说得太对了！我都快忍不住当场就告诉他他被录用了。

要说服尼克来我们学校工作可不是件容易的事。他已经成家了，教书只是他的第二职业。三个孩子都快上大学了，他还要供他们上大学。如果让他来我们学校，他要放弃在公办学校的铁饭碗还有养老金，而我们学校甚至还未真正成立。还有一个问题就是工作地点在纽约市，本来我们每天的上课时间就很长，上下班还要花很长时间来回于帕特森和纽约之间，尼克对此并不太愿意。

不知不觉，我们已经聊了一个半小时。我最后问尼克，下周能不能去听他的课，他很爽快地答应了。

第二周，我早早地开车从威斯彻斯特去帕特森。尼克的教室和瑞贝卡的教室完全不同。墙上空荡荡的，什么也没有，连幅图画也没有，有的只是尼克这个人、粉笔以及他对数学的热情。

尼克后来告诉我："其实，黑板就是块故事板，我会非常巧妙地利用它，在黑板上写的每个字都会因为某个原因写在某个特定的位置。"所以，他不希望学生把注意力放到墙上的什么东西上。

这天一上课，尼克就发给每位学生一张方格纸，纸上只画了一个三角形。他的要求是：算出三角形的面积。

这些学生怎么可能自己解决这个问题？没有明显的解答方法。大部分学生采用了前一天算矩形面积的方法，开始数三角形里的方格。可是这个方法今天不管用了，因为方格纸上的一些小格子被三角形的线从中间分开了。一些学生开始泄气了，但可以看到他们仍然在尝试。尼克只是在教室里走动，看他们做的情况，但没有帮助他们，让他们自己钻研。我被他的这种教学方法迷住了，但我更加佩服他的冷静和自信，他仿佛知道接下来会发生什么。

尼克后来告诉我，当他把问题发给学生的时候，就知道学生们的反应了，因为他以前上过这堂课，只是在之前教学经验的基础上做了一些改进。

正如尼克所想，一些孩子们在数三角形里的格子，因为他们昨天就是这样算的矩形的面积。而另一些孩子则用昨天学到的矩形面积的计算方法来算这个三角形的面积：底乘以高。尼克深知这两种方法都不管用，都是错的，但他任由他们这么做。尼克并不需要用什么歌曲来让数学变得有趣，他让数学本身散发出乐趣。我心想：我就希望我的孩子有这样的老师。他不用编什么口诀来帮助学生记忆，而是让他们自己去理解题目中潜藏的概念，自然而然地记住公式。几分钟后，他让学生们停下来听他讲。

"现在，我们来比较一下数格子得出的结果和用底乘以高的方法得出的结果。"

他并不是随意点学生来回答，而是有目的地叫一些学生来回答："朱迪丝，你的答案是多少？用的是哪种方法？"他后来告诉我，他是根据之前巡视学生解题的情况来选人回答的，这样他就可以得到几个不同的答案让全班同学来讨论。

朱迪丝回答说："我用的是数格子的方法，得到的答案是12。"尼克问："整整12吗？"朱迪丝回答说："一些格子被三角形的边分开了，所以，应该是大约12吧。"

然后他问全班同学："还有多少同学用的是数格子的方法？"

大约一半学生举起了手。于是，尼克让他们说出自己数的结果，一个学生说11，一个学生说10，还有一个和朱迪丝的答案一样是12，第五位学生则说13。他们说话的时候，尼克把得到的答案一一写在黑板左边的一个T形图上，然后在上方写上"数格子方法"。孩子们都在聚精会神地看他写的内容，我发现他们都完全参与到课堂，并紧跟老师的思路。

尼克微笑着问了下一个问题，他问一个学生："哈维尔，你用的是什么方法？"其实他早就知道这个学生会怎么回答了（因为在学生们独立解答的时候，他就看了每个同学的方格纸）。哈维尔回答说："我是用三角形的两边相乘。"尼克又在黑板上写："右角的两边相乘。"

他继续问道："那么你得到的答案是多少？"哈维尔回答说："24。"尼克就在黑板右边写上"24"。

他又问了其他四位用"两边相乘"方法的学生得到的答案是多少，得到的回答都是24。于是尼克将他们的答案也写在哈维尔答案的后面，五个24。

尼克故意表现得有点夸张，疑惑地看着黑板上的答案。

他对全班说："现在，你们盯着黑板上的这些数字看半分钟并思考。看看你们有没有什么疑问。不许说话或举手，看着这些数字半分钟，只准思考。"

教室里鸦雀无声。在我参观过的学校中，从来没有哪个班的学生像现在这样全神贯注于一个数学问题。

半分钟过去了，尼克说："好了，现在可以和旁边的同学讨论。"顿时，整个教室开始热烈地讨论三角形。我在一旁边偷听学生的讨论，每个学生都在讨论这个问题，没有一位学生有兴趣聊昨天电视里放的什么节目。

学生们发现黑板左边的数字大约都是右边的24的一半，大家都兴奋起来。但这是他们当时唯一得到的结论，还是没有人知道怎么计算三角形的面积。

尼克问大家：“这些答案当中有没有一个是三角形的面积呢？两种方法都对还是都不对呢？我们目前还不知道，我们现在唯一发现的是……”尼克引出的悬念让我想起了梅尔·赖斯费尔德和他讲历史时虚构的舞台效果。然后尼克在黑板上写道：“通过数格子的方法得到的面积大约是用三角形右角两条边相乘得到的面积的一半。”

尼克后来向我解释了他在黑板上写的这句话的意义。他说，在日本，每节课都会有一句重要的话在这节课的内容中起到关键作用，老师会把这句话写在黑板上。这句话不是公式，但它是公式背后隐含的概念，它能解释为什么题目应该用这个公式和如何用公式进行解答。如果学生能理解这个重要的概念，就能明白怎么解答这个问题。

他说：“这太有意思了，不是吗？好，现在我还有一个问题需要你们来解决。”

学生们集体抗议：“等一下，这个题目还没做完呢！”

这是一所典型的公办学校，这里的学生被许多教育机构认定没有学习的能力，仅仅因为他们处于贫穷的环境中。但在这里，他们每一个人都渴望理解这个数学概念，正是这位对教育事业充满激情的老师让学生对学习产生了兴趣。

学生们说：“我们想解决第一个问题！”

尼克微笑着说：“我明白，但这里还有一个问题需要你们解决。”

于是，他又给每位同学发了一张方格纸。我紧张地期盼着接下来将发生的事。我不太懂数学，所以必须惭愧地承认，我也不知道会发生什么。方格纸上画着一个矩形，矩形里面从右上角到左下角的一条对角线将其分为了两个三角形，右边的三角形被涂上了灰色的阴影，而左边的三角形里面被方格纸上的方块填满了。

我透过后排一个学生的肩膀看到纸上写着要求："算出阴影部分三角形的面积。"

大家一看到纸上的要求还有矩形中的两个三角形，才不到几秒钟，就一个个地叫起来："噢！""我知道了！"或"天哪！"我也和他们一样兴奋，我也明白了！

尼克太棒了！我会很乐意让我的三个孩子全年都来上他的课，就像我也愿意让他们去上瑞贝卡的课一样。这就是我招聘老师的标准。

下课后，我们一起聊天，尼克显然知道我会录用他，他说他其实一直在考虑这个问题，也和妻子和同事讨论过。这个决定对他来说很重要。

他最后接受了这份工作，我兴奋不已。

我花了差不多一年的时间寻找明星教师——能够维系我们即将成立的新学校的优秀老师，我找到了尼克和瑞贝卡。但有件事令我烦忧：要为全国那么多学校的每个班都找到这么优秀的老师似乎是不可能的。如果改善公共教育的关键就是找到数百万位明星教师，我们就没指望了。现在，更令我困扰的问题是：如何能让每个孩子都拥有优秀的老师呢？

第 9 章

教育是孩子
与生俱来的权利

The Path to Justice

在125号大街的人行道上，尤汉娜一边向路人发放我们新学校的宣传单，一边问：“你们家有上四年级的孩子吗？”我2月的时候雇了尤汉娜帮我招生。她活泼又勤快，总是不知疲倦地在超市、学校和住宅区与家长搭讪，而大家都会给她回应。

我是在爱迪生公司遇见尤汉娜的，和她一起的还有迪亚洛，他们都是我招的兼职工作者。迪亚洛长得又瘦又高，他很上进，而且精力充沛。他们俩都愿意多做几份工作，而我们学校刚刚起步，刚好也需要一些兼职人员。

尤汉娜会在公交车站拦下带着小孩的家长，也会毫不犹豫地走近在超市蔬菜区的妈妈们。迪亚洛和我则去教堂地下室和哈莱姆的社区中心找家长交谈。这些家长几乎无一例外地对当地的学校感到失望。

我在位于斐德立克·道格拉斯大街的教堂附近遇到一位穿着黑色外套、戴着亮红色帽子和红色围巾、脚踩红色高跟靴子的母亲。她对我说：“我儿子的学校太混乱了。”和她交谈了五分钟后，她对我们学校产生了兴趣。她说：“我们街区的学校太差劲了。”他的儿子跳起来补充道：“而且肮脏、恶心。”这位母亲叫作格雷斯。她的儿子名叫卡里姆，长得不高，戴着一副眼镜，我后来得知他成绩很好，喜欢下棋。

卡里姆的父亲在他很小的时候就坐牢了，所以他从未见过自己的父亲。格雷斯叹着气说："学校里天天都有人打架。"我问卡里姆他看到打架的时候怎么办，他说："我也不知道该怎么办，如果我站在那里，他们会打我的脸，但是如果我跑掉，他们就会说我是窝囊废。"卡里姆说这些的时候，我看到格雷斯的情绪有些激动。我希望卡里姆会申请我们学校。

我们学校的入学申请材料很简单，只需要在一张申请表上填写姓名、联系方式和社保号码，没有任何入学要求，也不需要成绩报告单、行为背景调查或面试。

当家长们得知我们学校的确是开放式入学，相关部门会进行监督，我们根本不可能在申请学生中择优录取时，许多家长开始向我们透露孩子们的情况。在位于诺克斯大道的一个车站，一位年轻的母亲向迪亚洛坦白说："我儿子通常都只能得到F和D，有时得到C。"她的儿子布兰登在当地一间公办学校读四年级。一年前，布兰登和一群三年级的学生互扔铅笔，而老师没有制止，径直走出了教室，导致此次事件升级为全面的打架，布兰登回到家时，眼睛旁边都带着伤痕。

我一开始还在担心我们学校没有正式成立、没有教学楼和完备的师资队伍，而且那时大多数家长还没听说过特许学校这个概念，我们能否招到学生。

但结果显示，我们很容易说服这些家长为孩子们在我们学校报名。哈莱姆区的公办学校实在是太令他们失望了。我们听到大部分孩子提到同样的情况：老师们对我又吼又叫，也不关心我为什么迟到，没有人检查我的作业，没有人帮助我，其他同学笑话我、对我不好，上学太无聊了，简直就是浪费时间。

而我们听说的最常见的情况就是总是有人打架，尤其是四年级的学生。一个女生说："太多学生喜欢欺负别人了。"另一个女生说："我不想卷进打架中，所以有时只好去厕所吃午餐。"

听说我们学校比普通学校的教学时间更长，有周六辅导，并且纪律严明，家长们有些动心，但真正让他们关注的是我们对教学成果问责制的重视。一位母亲在我们的一场宣讲会上听说学校老师和我会对教学质量负全责时不禁大声喊道："女儿，你去吧！"全场爆笑。但她继续说道："我女儿现在就读的这所学校太可怕了，总有一些成年男人在校园里鬼鬼祟祟的，但我又无能为力，我没有能力选择住在哪里。"现场的其他母亲纷纷点头表示同意。

另一场宣讲会上，当我问大家是否还有问题要问时，一位外婆激动地从椅子上跳起来说："我只有一个问题，去哪里报名呢？"大家不禁大笑。会后，我与她交谈，才得知她外孙女的境况一点也不可笑。这位外婆告诉我，她女儿曾被丈夫虐待，抛弃了自己的孩子，目前在戒酒。于是，这位外婆承担起了照顾外孙女贾丝明的责任。贾丝明还有四个姐妹，其中两个姐姐分别14岁和15岁，已经有了自己的孩子。贾丝明数学很好，却在三年级时阅读不及格，今年的阅读又学得很费劲。但真正让我气愤的是那所小学校长的态度。这位外婆告诉我："校长说'你不用指望她高中毕业了'，你觉得呢？"

和她聊天的时候，我发现还有许多母亲带着孩子在等着和我说话。

我想让这位外婆能够说完她想说的话，但又不想让其他家长等，好在她也看到有许多人在等。她说："我还是不要耽误你了，每个人都想了解一下你们学校。"我拥抱她，告诉她我希望她的外孙女能到我们学校来上学。

不论是在公车站还是在教堂地下室遇到的家长，每个家长都填了入学申请表报名。很快，报名申请入学的学生已经超过了我们的招生名额。我列出了一份简短的候补名单，并让尤汉娜和迪亚洛不再招生。我不想让候补名单太长，我觉得这些家长如果知道申请失败，一定很难过，没必要让那么多家长接受这样残酷的结果。

哈莱姆乡村学校最早一批招收的学生名单于2003年4月1日公布，共74名学生。那些学生家长很开心，觉得自己的孩子刚得到了一个千载难逢的机会，如果没有这所学校，他们的孩子就有可能被困在一所失败的公办学校。

贾丝明的外婆得知自己的外孙女也在录取名单之列，开心地喊道："这所学校真是上天的恩赐啊！"当时我们还未正式开学。

那年春天，尤汉娜一直忙着打电话通知被录取的学生的家长。许多家长一下就联系上了，其他家长则要打五六次电话才联系上。一些家长不说英语而说西班牙语，可我只能用西班牙语从一数到十，还好尤汉娜会说一口流利的西班牙语，她最终联系上了每位学生家长，安排他们注册、发放校服，并通知他们入学指导会的时间。

入学指导会上，尤汉娜几乎一天都在会堂上帮学生家长熟悉校历并回答他们的提问，我则在指导学生们进行诊断测试，我的三个孩子在我们之间当跑腿的。

当大部分学生都开始安心考试，现场不再有任何疑问的时候，我离开教室去会堂与家长交谈。我进去的时候，维多利亚的母亲妮可和父亲勒马尔正坐在一起阅读学校的家庭手册，妮可认出我来了，并和我聊起了维多利亚的情况。她说："我女儿害羞而且性格温顺，但别的同学总是取笑她。她没有多少朋友。"老师曾对他们说维多利亚有轻微的学习障碍。她的成绩总是C或D，而且她对成绩好坏已经不在乎了。妮可说："最让我担心的是，我觉得她好像没有什么梦想。"

5月，学校搬进了位于120号大街的临时教学楼，我们积极地为卡里姆、布兰登、贾丝明、维多利亚，以及其他学校首届五年级的学生进行开学的筹备工作。我把走廊里的一间储物室改装成了办公室，和一名兼职助理在这里办公，同时还有老鼠相伴。由于办公室太小了，我们甚至不能同时从座位上站起来，否则就会撞到对方。

到6月的时候，我们基本将教学楼清理干净了，但还需要一些家具，于是我们一群人决定去新泽西的宜家看看。

在创办学校的这几年，我去哪里都会将孩子们带在身边。他们一般都很乐意帮助我，但他们可不愿意花整个周六陪我买桌椅和书架之类的东西。幸好当时《哈利波特与凤凰令》刚刚出版，所以我去购买家具的那天下午，他们很开心地在宜家儿童区的床上看着J.K.罗琳的作品，对来往的购物者毫无察觉。

那年夏天，我无时无刻不在惦记着我们的学校。在星巴克，我注意到他们用彩色粉笔在小黑板上写着当天的特价咖啡。我觉得这个方法不错，会给顾客一种温暖和受欢迎的感觉。于是我受到启发，决定买一些小黑板放在学校门口，在上面写上欢迎的话、每日一词和每周一句的内容。还有一次，我们在查巴克市的一个小商店买东西，我看到商店里有一些漂亮的铅笔画，画了一些著名的作家和诗人。每幅画的售价是两百美元，但店主把这位当地画家的电话给我了。这位画家很好，免费给了我们一些画稿复印件。我们在沃尔玛买来一些画框，把画镶在里面挂在走廊里。我在巴诺书店看到一种新式的包装纸，上面是一些经典老书的彩色草图，我觉得用这种纸来装饰布告栏再合适不过了，书店的老板听说了我的想法，免费给了我们一些。我希望这一切小细节都可以营造出一种温暖、鼓舞人心的学习氛围。

学校起步的这几年，开销会很大，学校收入远远无法满足运作成本，所以我们要把盖茨基金会的拨款留着发放工资。为了节省办学成本，我们必须充分发挥创造力，于是我找到每个认识的人，请他们为学校捐些东西。邻居们在威斯彻斯特女童子军中发起了一个捐书活动，我经常在出门的时候，发现门口放着一箱书，一定是别人前一天晚上放在那里的。朋友们还捐了许多会议桌和文件柜。我的母亲则送了一些图画和植物来装饰办公室。我把自己收藏的CD带到学校，这样，学生在上学、放学及下课时就可以听到柴可夫斯基、贝多芬和其他作曲家的古典音乐，这些音乐可比刺耳的铃声悦耳多了。

在学校开学的前一个周六，我带着三个孩子到学校做最后的准备工作。我在每位老师的桌面上放上花束，对他们的辛勤工作表示感谢。艾维帮忙组装书架，查娃帮忙整理书籍并贴上标签，瑞秋则画一些海报。在后来的几年里，瑞秋都在帮哈莱姆乡村学校设计和修改海报，她还为学院的老师制作生日蛋糕。

下午四点，老师们在对教室和教案做最后的整理，门卫提醒我们教学楼一个小时后就要关闭了，要等到我们开学那一天，教学楼才会再开门。一听到他这么说，我不禁心跳加速，又想到卡里姆、布兰登、贾丝明和维多利亚，开始感到很紧张。再过几天，这些孩子就要由我们来照看了。

我深深吸了一口气，拿起笔记本，走到角落里的一间空教室，坐在后排的椅子上，开始在纸上写自己美好的愿望——希望孩子们拥有完美的教育。

大学的时候，我学习了祈祷的意义。祈祷就是大声说出一些话，为每一天设定美好的希望。我也明白了：思想、语言和行为之间有密切的关系。我想让学生们在开学第一天朗诵一些句子，为我们这个集体奠定积极的基调。

我为卡里姆写下了"教育是我与生俱来的权利"。当我写到"个人梦想"时，我想到了维多利亚，并再次想起了克里斯托夫。

教育是我与生俱来的权利

教育是所有孩子与生俱来的权利

教育是通往自由的道路

它让我能自由追求自己的梦想

教育是通往公平的道路

它让人人享有公平

教育是通往力量的道路

这种力量能够改变世界

教育是通往快乐的道路

享受学习的快乐是我们的特权

接受教育是我的本职任务

教育需要认真努力

今天，我向自己承诺

我承诺专心学习

今天，我向自己承诺

我承诺尊敬老师

尊重自己，也尊重他人

我承诺提高学识

训练思维，督促自己努力学习

我承诺善良和蔼

不厌其烦地与人为善

我向学校承诺

我向集体承诺

第 10 章

开学第一天

Drowning

闹钟在2003年9月9日早上4：45准时响起。我昏昏沉沉的脑子里闪过的第一个念头就是：一切将非常完美。

我做好了万全的准备。我打电话给杜波斯费里首屈一指的面包店——里维埃拉面包屋，让他们做了一些牛角包，作为开学第一天对老师们的慰劳，六点钟我要赶到店里去取面包；瑞秋、查娃和艾维分别升入七、八、九年级，我已经告诉他们那天早上我会很早出门，交代他们自己起床、打理好自己，然后去上学，而且我还和一位邻居说好了帮我看着他们，以防万一；前一天晚上，我就给父亲那辆破旧的蓝色小车加满了油；我甚至已经准备好自己那天的着装：纯黑色长裤、蓝色运动衫和黑色平底鞋，可以很快穿上身，又很实用。

好像我一生就在等待这一天。过去的两年，我一直在为此而努力。最后，我将孩子们的午餐放在厨房的餐桌上，给自己切了个苹果，放在三明治袋子里。开学第一天吃苹果预示着一切完美。

学生们应该会准时到校，并穿着校服：卡其色长裤、浅蓝色棉布衬衫和深蓝色运动服，看起来特别精神。而我应该带着写字板，提前十五分钟站在位于120号大街的教学楼门口的台阶上，充满关爱地向大家微笑，并一一欢迎他们。我会对每个孩子说："很高兴你加入我们学校。"我要让每个孩子告诉我一个他们的特点，这样我就能在第一天早上尽量了解每位学生。

但事与愿违，而且现实与我的想象相去甚远。

我到学校的时候，下着瓢泼大雨，教学楼还没开门，黑着灯，而且找不到一个保安或门卫。学生们都很不开心地站在雨里，崭新的校服很快就被雨淋湿了。而老师们提前一个小时就来了，本来想为第一天的课程做好准备，结果却在外面站了一个小时。虽然老师们都湿透了，但还在尽量稳定学生的情绪。有几个学生都快哭了。

我很懊恼。为什么周六的时候我没想到提醒一下教学楼的管理人员周一要早一点开门？为什么我没想过记下门卫安琪尔和安迪的手机号以防万一呢？为什么我没想过让管理人员给我们一把备用钥匙呢？

这才是开学第一天的前五分钟，我就已经犯了个大错，给全校的学生和老师都带来了负面影响。而这还仅仅是个开始，接下来的这八年里，我还可能还会犯很多错误。

8：15时，门终于开了。学生们疯狂地涌入教学楼。即将成为教务主任的运营总监迪亚洛引导学生去自己的教室。我们学校的每间教室都以一所大学命名，这个主意是我从那些参与"知识就是力量"项目的学校中学到的，我还从这些学校得到了许多想法。

尤汉娜一个上午都在回答家长们提出的有关未提交的表格、捷运卡、学习用品和校服的各种问题，她带着微笑，用宽慰的语气耐心地回答每个问题，大家都很喜欢她。同时，迪亚洛帮那些校服湿透及校服不全的学生更换服装（他那里还有许多套备用校服）。其他老师也在帮学生弄干衣服，并让他们相互介绍自己。

8：45，迪亚洛拍了拍我们那破烂的广播系统，广播里响起了维瓦尔第的《四季》，预示着我们的第一次全校早会就要开始了。我会在家里播放一些古典音乐，所以希望我的学生们也能享受到这些音乐。每周，他们都能听到广播里播放我的CD集里不同作曲家的音乐。我并没有明确表明这样做的目的，但其实我希望这些古典音乐可以让孩子们少受刺耳、激烈的流行音乐的影响，他们的心灵很容易受流行音乐的影响而变得粗暴。学校应该是个平静的圣地，让学生可以远离城市的喧嚣，在这个温暖的灵魂治愈之地快乐地学习。

每个班的学生排着队走进会堂，老师引导孩子们一排排坐在台上。看到学生们伴随着音乐就座，我心中感到恭谦而又无比欣喜。这些五年级的学生曾就读于哈莱姆、东哈莱姆和南布朗克斯学区的公办学校，那些公办学校仅有8%的大学入学率，而现在，他们是我们的学生了。

我为开学前三天的早会分别准备了三篇简短的讲话，今天的主题是"严格是出自于爱"，明天的主题是"我主宰自己的生命"，内容是关于学生领导力，这个主题是我受到夏令营里的梅尔老师的启发而想到的。而第三天的讲话将围绕"自律"展开。

看着坐在我面前的学生，刹那间，我仿佛回到了夏令营。那年我十七岁，在一栋破旧的白色教学楼里发表着关于社会行动主义重要性的讲话，面前是大约四百名孩子，同样安静地席地而坐。

但这可不是夏令营，我也不是他们的同龄人。我们将全部赌注倾注在这些学生身上，好的教育可以改变人的一生。我必须一开始就明确：在我们学校，我们这些成年人是负责人。我知道那种权威性会让学生感到安全和关爱，并最终感到快乐。

我面带笑容地对大家说"欢迎大家来到学校"，并与每个孩子进行眼神交流，然后接着说"但我要事先声明"，我停顿了一下，收起笑容，两臂交叉，接着说："这所学校完全不同。"然后又顿了顿。这是我从梅尔老师那里学到的演讲技巧。他以前想引起大家注意的时候，总是这样停顿，然后再重复。我重复说道："这所学校完全不同于你们之前读过的任何一所学校。为什么呢？我们学校非常，非常，非常严格。"

我的态度、表情和语气都传达着一个信息：我是负责人，违反纪律者，后果自负。

"现在，谁能举手告诉我：你觉得我们为什么要这么严格？"我向大家发问，同时举起自己的手以强调这个指令。

只有两个学生敢于举手。

其中一个卷曲短发的甜美女孩回答说："为了让我们遵守规定？"

我对她说："谢谢你的回答，你可以把手放下了。"为了开学第一天达到效果，我夸大这种严格的感觉。

另一个小男生回答说："为了不让我们惹麻烦？"

我尽量看着更多的学生，用十分坚定的语气问："还有其他回答吗？"

下面一片寂静。

"我们很严格"——我再次停顿，以强调我要说的话——"是因为我们爱你们。"学生们都微笑、开心地看着我。

我看着他们每一张可爱的脸庞，充满希望。不知为什么，如此短暂的相处就让我爱上了这些坐在我面前的孩子们。

我又重复说："我们爱你们，对大家严格就是因为我们爱你们。"

多年后，当这些学生已经上高中的时候，一些孩子告诉我，那天是他们第一次听到校长或老师在学校里用到"爱"这个字眼。

我继续说："我们在乎你们，所以对你们严格。大家想一想：如果我们不爱你们，就会让大家肆意妄为，并抱以'我不在乎'的态度。但我们的确在乎大家。"

我又收起微笑，带着一副权威的表情说："我们知道什么对大家最好，所以制定了许多规定。"然后又压低声音并向人群中倾斜着，温柔地说："学校的要求是：每位同学都要遵守每一条规定，不允许任何借口和例外。"我又慢慢地重复了一遍，低声地强调每个词："每位，同学，要遵守，每一条，规定。"然后学着梅尔老师，满腔热情地说："我们是一个集体，我们是一家人。"

老师们看到我给他们的暗示，开始发放学生誓词。我告诉学生，每天早上我们都要宣读学生誓词，以后每天早会上，负责"本周简讯"的学生可以选择这周要播放的音乐和每日一词的内容，并带领大家宣读誓词，今天早上则由我亲自带大家宣读。"这是我们学校的誓词，我读第一句，大家跟着读下一句。"

"教育是我与生俱来的权利，轮到你们——"

学生们接着读："教育是所有孩子与生俱来的权利。"

"教育是通往自由的道路——"

"它让我能自由追求自己的梦想。"

我继续往下读：“教育是通往公平的道路——”

看着这些十来岁的男生、女生一起朗读这些词句，场面相当壮观。这些词句就是我对他们发自内心的祈祷，我只希望我能管理好整个学校，让学生们充分发挥天赋和潜力。

开完早会以后，我打算去每个教室看看，对老师们给予支持和保护，并帮他们解决问题。但我还没走进第一间教室，就听到走廊里有人叫喊。一位父亲带着女儿和迪亚洛站在那里，这位父亲大声说：“晚到了一分钟不算迟到！”迪亚洛不让他迟到的女儿德斯蒂妮进入早会现场，所以这位父亲很愤怒。在6月的家长入学指导会议上，我们就明确向家长们强调了准时到校的重要性，迪亚洛只是在执行规定。这位父亲说想和我谈谈。

听完他的诉说，我感同身受，如实对他说：“我也是位家长，我理解你的心情。我知道早上帮孩子准备好去上学不是件容易的事。”然后我向他解释为什么不能破例：我们学校的高标准、严规定最终会让学生受益。按时到校能让学生学会做事有责任心。而且最重要的是，学生如果错过了上课前几分钟的关键内容，就很难在剩下的时间里紧跟课程节奏了。

可他并不理解，一直重复说：“给我们一次机会吧，只是晚到了一分钟，不能算迟到的！”其他的家长都站在走廊里看我们说话，而德斯蒂妮一直跟在爸爸身边。我突然意识到自己犯了个错误：不管怎样，我都应该先让她去上第一堂课的。于是我对这位父亲说，我先把德斯蒂妮带去上课，然后我们两个再私下讨论这个问题。

我对德斯蒂妮说："亲爱的，跟我来。"我带着她去教室。尤汉娜追上来小声告诉我另一位家长琼斯小姐正在我办公室里等着我，有事和我说。我对尤汉娜说："你能不能让她等一会儿，或者看看她想说什么？"走出教室之前，我匆匆在笔记本第二页顶行写下"明天"，在下面写道："想办法事先强调按时到校！"

我沿着走廊朝办公室走去的时候，另一位家长富兰克林夫人拦住我说："肯尼博士，你有空吗？"她想告诉我，我们学校没有体育馆和任何体育课，她不太满意，她说孩子们需要有体育运动。我向她保证我们会尽力去完善。

由于担心让琼斯小姐等得太久，我快步走向办公室。走过办公室门口的时候，尤汉娜对我说："占用你一小会儿。我们向史泰博公司订购的教学用品明天才会送货，因为我们在他们公司还没有建立账户。还有，午餐要推迟了，因为他们记错了我们学校的号码。是我去告诉老师们调整时间安排，还是你去说？"我在笔记本的首页匆匆记下她说的这些，并在上面注明"今天"，将"授课安排/午餐推迟"用大圆圈圈起来。迅速想了一下，说："这样，你多去了解些情况，想办法解决教学用品问题。我一见完这个家长就去解决这个问题。"

见到琼斯小姐，我先向她表示抱歉，让她等了这么久。她说："不知道你还记不记得我，我是约瑟夫的妈妈。"

我说："当然记得，很高兴见到你，你们还好吧？"

她说："其实，不太好。约瑟夫他……他不能……他有……他……"她还没说完，就哭了起来。"不好意思，我就是对那些学校太失望了。"

我说："没事，不管发生了什么，我们都愿意帮忙。"我递给她一张纸巾。

她说约瑟夫完全不识字，但自从幼儿园以后就一直顺利升学。她啜泣着说："我也不知道怎么回事。我也不知道为什么我的宝贝不识字，但是因为他在学校很乖，没惹过麻烦，所以学校每年都让他升学。"

我向她承诺："我们会找到解决办法的。我放学后和约瑟夫谈谈，好吗？"我把手机号码留给了琼斯小姐，对她说："我这个周末会给你打电话，不过你随时都可以打给我。"我又迅速翻开笔记本，在另一页上写下"学生"，在下面写上约瑟夫的名字和他的情况。

我带琼斯小姐走出去的时候，看到一只老鼠在文件柜后面跑，我忍住没叫，在笔记本的另一页专门写下"处理老鼠"。

开学第一天放学后，我见了约瑟夫，这只是万里长征的第一步。我在他面前写下三个词：去、猫、带来，问他看到什么，他说："我看到字母在纸上跳舞，这些词在跳跃。"他的老师和学校的特殊教育专家后来花了好几个月来帮他学习识字。到2月时，他进步了，但还远远不够。于是，寒假的时候，我把三个孩子送去外婆那里，自己则全身心地钻研阅读能力矫正领域的研究结果。我找到两个似乎有效的方法，并且找了一个培训老师每周来教约瑟夫四个小时。到年底的时候，约瑟夫终于有了进步。又过了三年，他的阅读水平接近要达到的标准。到十年级时，他已经能够阅读《罗密欧与朱丽叶》，并通过了所有科目的毕业会考。

送走琼斯小姐，已经是上午10：30了。我早上4：45就起床，一直忙到现在，连苹果也没来得及吃，从早上到现在什么也没吃。当我准备把苹果从包里拿出来吃的时候，办公室电话响了。尤汉娜去处理午餐的事了，办公室里只有我，于是我走过去接起了电话，说："您好，我是肯尼博士，有什么可以帮您吗？"我在解答电话那头家长的问题的时候，往下瞥了一眼，发现桌上有一大堆留言，都是前几个小时积累的。

一放下电话，下课的音乐就响了，学生们要转移教室去上下一堂课了。我从其他的特许学校学到的管理经验之一就是在课间转移教室的时候监视大家的情况。这太有必要了。那些市区中学就经常在这个时候发生打架事件，而大人的监督就能有效防止这种事件的发生，还能保持一整天的和谐，给大家一种集体感。

但在开学第一天，换教室简直就是场灾难。孩子们相互碰撞，书本掉到地上，还有的整个班都走错了方向。为什么我没想到将换教室的过程变得更加有序的方法呢？

我在有待解决的事务清单中写下"换教室方法"，还没等我写完，就听到教学主任办公室里传来吵闹声。这才上午10：45，就已经有六名学生因为违反纪律被赶出了课堂。我走进教学主任办公室，看到两名女孩坐在那里沉思。她们俩都喜欢欺负别人，很显然是在班里欺负别的同学了。

我环顾整个办公室，马上认出其中一名男孩是肖恩。肖恩今年九岁，非常可爱，我招生的时候就很想让他加入我们学校。他究竟在开学第一天违反了什么纪律呢？我问肖恩："你为什么被赶出课堂了啊？"

他看都不看我，咕哝着说："我也不知道啊。"这可不像去年春天和我在入学指导会上聊天的那个可爱男孩。

我坚定但平静地说："首先，你应该以尊敬的口吻说话，而且我说话的时候，你应该看着我。"他听了瞪着我。我说："不是这样看。"我注视着他，心里默默记下：稍后和他的老师说说他的情况。

肖恩的表情变得柔和了一些，我对他说谢谢，告诉他我知道他并不坏（我认为每个学生都不坏，即使是那些爱欺负人的学生）。我在教学主任办公室待了四十分钟，和每个学生谈话，找出他们被赶出课堂的原因，并草草记下一些笔记。

不论遇到什么情况，从对学生的希冀、语气、语言，到整个教育方法，我都像对待自己的孩子一样对待每个学生。我发现自己十分欠缺心理学及教育学方面的知识，但我用自己对学生真诚的爱和尊重努力做到了最好。

维瓦尔第的音乐打断了我的思路——到吃午餐的时间了。

午餐时，我去尼克的教室找德斯蒂妮。她刚刚吃完午饭，我想趁这个时候和她聊一会儿，我对她说："亲爱的，跟我来，我们坐在椅子上聊聊早上发生的事，好吗？"我告诉德斯蒂妮希望从明天开始，她能自觉地按时来上学，并和她探讨了准时对她未来成功的重大意义。我问她："如果你将来和三个人一起竞争一份工作，他们都提前到了，只有你迟到了，你觉得老板对你会是什么印象？如果你是老板，对于以某个借口迟到的员工，你又怎么看？"

然后我又问了她许多问题：她有没有自己的闹钟？坐哪趟火车？

从她家到学校要多久？等等，我让她拿出一个笔记本，告诉她："我们从你应该几点到校开始往回算，看看你应该几点起床才能保证每天按时上学，好吗？我们把它称为你的'准时到校计划'。"她开始在本子上写计划。

我说："好，如果7：40以后就算迟到，那你应该7：25就到校。你觉得为什么要做好7：25到校的准备呢？"我又问了她一些问题，给她一些提示，并教她一些节省时间的方法，比如前一天晚上就准备好第二天要穿的衣服并收拾好书包。我问她之前在按时到校的过程中常常遇到些什么问题，然后和她一起将这些问题一一解决。

作为一位母亲，我还要确保她能保证八小时的睡眠，最好能睡九小时，所以我们还要再往前推，算出她晚上应该几点睡觉以保证至少八小时的睡眠。最后，我又说："我们再加上半个小时，这样你就可以睡觉之前看会儿书。"我不知道这个想法是否实际，因为我还不了解德斯蒂妮家里的生活是怎样的，但我觉得值得一试。

最后，我们又讨论了因为下雨所以迟到这个借口。我问她："你认为下雨天或下雪天纽约市的火车和汽车会更快还是更慢呢？"她明白了我的意思：下雨天应该早点出门。不要找任何借口，不论遇到什么情况，都要找到解决办法。

我带着德斯蒂妮回到班里。班里的学生一边聊着天，一边把空牛奶盒扔进垃圾箱。因为学校没有餐厅，大家都在教室里吃饭。我发现了一个问题：垃圾箱太小了，学生吃完午餐后，垃圾都堆出来了，很有可能引来蟑螂。我正准备将"垃圾箱问题"记在"老鼠"那一页，迪亚洛看到我了，他说他准备捡起来一些垃圾。我对他表示感谢："你最好了，谢谢！"将这一条从清单里删去。

到休息时间了，可雨还是那么大，我们只好让孩子们在会堂里玩。这当然不理想，但我们让孩子们随便活动，每位学生都玩得很开心。我注意到贾马把手比画成枪的样子，并朝其他学生发出射击的声音。我走过去告诉他不可以假装朝别人开枪，他却回答说："这没什么大不了的啊。"我坚持说："你错了，不可以。"

我和贾马谈话的时候，他很随意地说周日晚上他家附近的一家电影院就发生了枪击事件。（我后来调查发现，的确如贾马所说。）我问他："你当时在场吗？还是听别人说的？"他说自己当时在场。我又问："那有没有受伤啊？"他十分平静地说："没有啊，没有人被打死，只是场枪战而已啊。"只是场枪战？

一只皮球在会堂里弹跳，差点砸到我的头，贾马接住球大笑着问我："我可以走了吗？"

我说："可以了，玩得开心啊，但是不要再假装开枪了，你会……"

我还没说完，就听到一声尖叫和大笑声。一个十岁的男孩斯蒂芬，刚才一直在会堂的另一边跑来跑去，结果滑倒在地上了。其他学生意识到斯蒂芬真的摔疼了，都不笑了。迪亚洛控制了局面。斯蒂芬的脚踝扭伤了。我们学校设施不全，没有体育馆，但我决定让孩子们在会堂里活动，这是当天犯的众多错误之一。

下午一点，我总算可以去教室里看看教学情况了。

这时，尼克问我："嘿，我这会儿没课，去买杯咖啡，你要点什么？"

我立刻感到很饿，并想起苹果在三明治袋子里放了七个小时了。仿佛看到救星一般，说："天哪，太感谢了，我想要一杯薄荷茶。"幸好瑞贝卡带了椒盐卷饼，她让我吃了一些。但我真的很想在课堂的前二十分钟去每个教室看看老师们如何开始进入课程。

尼克要去买咖啡，我要去巡视课堂，就在要分别的时候，我们听到一位老师在吼学生，不是坚定地训斥，也不是在纠正错误，而是在吼叫。我犹豫了片刻，和尼克四目相对，什么也没说。尼克下楼后，我在笔记本上迅速记下：提醒每位老师不要冲学生吼叫。整个下午，我去教室巡视，把看到的值得鼓励的事情和需要改进的地方都记下来，准备稍后与团队分享。

那天，当维瓦尔第的音乐最后一次响起的时候，我们将学生送出教学楼，老师们都累得要晕过去了，但大家还在讨论孩子们——孩子们做的那些可爱的事，说的那些有趣的话和这一天出现的问题。

当大家一起围坐在会议桌前，一边吃东西一边说笑时，我想起了那年夏天我们开的第一次群策会。当时，会议一开始，我就让大家用十分钟时间填写一份工作表。那张工作表没有任何意义，也与我们讨论的话题无关。会议结束的时候，我请大家给一些反馈意见，没有人愿意坦率地表达自己的想法。我问大家："会议开始时给大家的那个任务呢？那张工作表？"老师们面面相觑，于是我笑了。尼克明白了我的意思，问道："那只是个玩笑？"我回答说："是啊！"我问大家："你们为什么都不说话呢？"瑞贝卡后来说他们都不太敢说出自己的想法。我当时那么做就是因为知道大家都有顾虑，我想打破他们在之前工作的学校形成的等级观念。我说："我们都是同事，我很乐于接受大家的反馈意见，我们现在可是在一条船上啊。"随着学校的发展，这种公平和坦率成了我们学校的标志。

我们现在又在开群策会，这是从通用电气的杰克·韦尔奇那里借鉴的方法。我们在群策会上解决实际的问题。我先说了下今天看到的好的方面，然后提醒大家群策会就是专门一起讨论如何解决问题的，我不会在会上宣读行政公告。

在这次群策会以及后来学校前期的会议上，我们每解决一个问题，就会形成老师们自己创造的一项新制度或新惯例。许多老师花了很长时间来创造这些制度和惯例，之后每年又花大量时间来改进它们。当学生表现得散漫时，就出现了作业夹制；当学生不愿交回家长签字的表格时，我们又制定了家长接收制和标签制；当学生上学的时候显得很疲惫而且没有做好准备时，我们想到了用"HOURS"惯例来教他们如何有效利用晚上的时间：H代表写作业（Homework），O代表为第二天做准备（Organize），U代表放松（Unwind），R代表阅读（Read），S代表睡觉（Sleep）（九小时睡眠）。后来每天放学的时候，我就会站在台阶上对离开的孩子们低声说："八点之前上床看书，九点之前要进入梦乡哦！"从开始策划学校的那一年到学校创办的前两年里，大家一起解决了几百个问题，建立了几十个大大小小的制度和惯例。

开学第一天的那次群策会上，就在我们讨论那天出现的各种问题时，尤汉娜走了进来，笑着说："天哪，送孩子们放学花了四十五分钟，我还以为只用五分钟就行了呢。"看来关于放学的制度也需要改良。

那几年，我们每周都开许多次群策会，总共开了几百次，但开学第一天的那次会议上，大家深切体会到我们理想主义的设想与现实情况相去甚远。

晚上7∶25，我才开完会。我一上车就把包包和笔记本扔在副驾上，看着左边的住宅区和面前的教学楼，我没有插钥匙去发动车子，而是就那么一动不动地坐在停车场里。我瞥了一眼笔记本，短短一天，那上面就记下了很多要改进的地方和有待完成的任务。

笔记本上写了七页要去做的事，每一页都写得满满的。这天晚上我要将笔记再看一遍，想明白每件事的解决方案，并为第二天做好准备，看来得熬到凌晨一点半了。这里记的每件事在我心里都是紧迫的，只是紧迫的程度不同：我要看看哪些是今晚就要解决的，哪些可以等到明天再解决，哪些可以等到下周。

我已经决定一生致力于这一事业，也从未怀疑过这种义务，但那天，我感到很苦恼。几年后我才意识到那时我之所以常常感到不知所措，是因为我太心急了，总是想在当天就根除哈莱姆区教育上的不公平。

就在我呆坐在那里的时候，晚上值勤的门卫大声提醒我："你好！我要关门了哦！"

"不好意思，安迪，晚上好，谢谢你了！"

第 11 章

孩子们的神奇转变

My Child Is a Child Again

第二天早上六点半，我行驶在索米尔河公园大道上，想着达蒙的事。达蒙今年十岁，是个可爱但调皮的男孩，昨天因为扰乱课堂，他两次被老师赶出课堂。但在教学主任办公室里，他却告诉我自己没做错什么。他去年在之前的学校上四年级，他告诉我在那所学校的情况："我以前经常骂人打架的，也没有人把我们叫到教学主任办公室，大家都疯跑，老师们只会朝我们叫喊，所以我们都不学习的。大家都很坏，会打你、伤害你，但也没什么大不了的。"

没什么大不了的！他觉得那没什么，那些四年级的小孩在学校里一点安全感也没有，也不觉得需要相互友爱。这当然不是达蒙的错，他还只是个小男孩，并不觉得这样有什么不妥。

以前，我从乔纳森·科佐尔的书中读到这些失败的学校，但现在，我可以通过直接和这些受害的孩子们对话来了解这些学校给孩子们带来的影响。

达蒙很健谈，所以很容易从他那里了解更多情况。他还告诉我："我经常和其他同学一起在走廊里玩。有一天，我们把空汽水罐扔进教室里然后就跑掉了，很有意思。我们还把铅笔从窗子扔出去，看看谁能扔到老师停在停车场的车子上。后来老师发现了，就说我是个坏孩子，说我很笨。"

我问他当时怎么想，他说："我才不在乎呢。"

我又问："真的吗？我不相信。"他突然不再显得无忧无虑，而是夹杂着伤心和愤怒。

他说："你又不了解我。"

我说："我是不了解你，但我知道你很聪明，我知道你并不想天天打架，你更想要安全感，我还知道你是个领导者，你将在人生中创造伟大的事情。"

他放松了一些警惕，微笑着对我说："我的确是个领导者。每当我跑下走廊或做其他事时，其他同学都会跟着我。"

我趁势说："我现在要告诉你，你以后不能再那样了，我不允许你这么做，我希望你表现得更好。"

可他说："我不喜欢这些规定，不喜欢！我也不喜欢穿校服、开早会。"他显然是在试探我是否是认真的，是否在乎这些。我知道他家里有些困难，但我不会让这成为借口。他必须让我相信：他有能力克服这些障碍。

于是我回答说："没事，你不需要喜欢这些，但你必须照我说的做。在这所学校，我们都要礼貌谦让。你要尊重你的老师，和其他同学团结友爱，这就是校规。"

听我这么说，他把脸转过去，说："无所谓。"

我平静但坚定地说："你不能无所谓。看着我！"他转过来看着我，但一副很生气的样子。我坚持让他改正态度："不许用这种态度！"他不再生气地看着我。我对他说："你不能对我说'无所谓'，这样说对人不尊重。我也不会对你用这个词的，明白了吗？"

他回答："明白了。"

他们之前就读的学校不但没能教会他们基本的阅读和数学技能，就连对人友善、倾听他人和不打断别人说话这些礼貌的、读书人应有的基本礼节也没有教给他们。大部分学生要么一副没精打采、昏昏沉沉的样子，要么自己在下面说小话或者坐立不安，再不然就是扰乱课堂。学生们的这些坏习惯让老师很难控制课堂纪律，更别说讲课了。

达蒙和其他学生都不尊重别人。我认为，他是可以改掉这个毛病的，虽然可能需要花一个月、一年甚至两年才能改掉，但我们一定能看到他的进步。这么小小年纪就骂人、打架，并公然无视老师的命令，实在不是小孩子该有的行为。如果达蒙在学校可以表现得很好，他就会成为一个更快乐的孩子。哎呀，他才十岁啊！

这些学生在之前的学校经历的那种混乱造成了两大问题。第一，让他们过早地成长，失去了无忧无虑的快乐童年。看到他们的行为举止，我能看出他们是为了在邪恶的城市和市区学校中生存才形成了这样无情的外表。第二，他们之前的学校无组织无纪律，造成了学生都不学习，于是他们都缺乏自尊，进而更不在乎学习。

老师们和我要共同努力营造一种尊重他人和有秩序的氛围，才能顺利进行教学。

为了让学生守规矩，我参观过的那些最优秀的学校都制定了详尽的奖惩制度。这些奖励制度包括每周可兑换奖品的"好学奖金"、平时成绩加分，还有每周拍卖。惩罚的方式则有记过处分和课后留校、被剥夺某些权利或停学处分。但我打心眼里觉得这种奖惩制度并不是规范学生行为的最佳方式。我认为学校应该用防患于未然的策略来教会学生守规矩：明确提出对学生的要求、形成常规并让他们养成习惯、用威严的语气对他们说话，并与学生建立良好的师生关系。最重要的一点是，课程要有趣、有难度、设计合理。我深深觉得应该做到这几点。作为唯一一所没有奖惩制度的特许学校，我这样做是相当冒险的。

我们的目的是把学校的孩子当成自己的孩子一样对待，这也是所有加入我们学校的老师的共同愿望。我从来不会想着用奖励来激励自己的孩子好好表现，我从来不会对他们说"对保姆有礼貌一点，我就给你们糖果"，也不会说"做完作业我就给你一美元"，我希望我的孩子能自觉形成良好的性格，知道要做正确的事，因为这些才是他们该做的。我们也应该以同样的方式对待哈莱姆的孩子。

第二天，我去听课的时候发现，学生们能感受到每位老师的关爱和用心，但我也注意到同样的一群学生会在不同老师的课上呈现出完全不同的表现。他们可能在一堂课上表现得非常好，一堂课上表现一般，另一堂课上则表现很差。每过一个小时，都有更多的学生被赶出课堂到教学主任办公室。我不禁问自己：怎样才能让学生长期在每堂课上都保持良好的表现呢？

上午10点，我只剩走廊里最后一间教室没去了。和在其他教室一样，我原本也打算在瑞贝卡的教室听二十分钟课。但我一听她的课，就不想离开了。瑞贝卡教得得心应手，就像一位技艺超群的音乐家在专心致志地演奏。她的教学很精彩，但最感染我的还是整个课堂中她不断进行的非惩戒性的行为干预。

她说话轻柔但语气坚定。看到有学生没坐好时，她说："布兰登，坐直！"布兰登听后，稍稍坐直了一些，她便紧紧盯着他坚定地说："要坐直！"

她在讲课的时候会看着每位学生，确保每位学生都在认真看着她、听她讲课，学生只有在被老师点到的时候才能说话。

"同学们，让我看看你们真的准备好学习了。坐直了，看前方。"

"布兰登，把头抬起来。"

"大家上课要精神点，不要没精打采。"

"贾丝明，坐直，让我看到你在认真听课。"

瑞贝卡无时无刻不在纠正大家的行为，而且每次都十分有针对性，即使是有一点开小差的学生也不会放过。

"德斯蒂妮，你要看着老师，而不是看窗外。"

"卡里姆，你要让老师看到你在用心听讲。"

她下定决定要改正学生在以前就读的学校被纵容的坏习惯。她进行的每个学习活动都有固定的要求，包括详细的活动地点、方式及内容，然后让学生一遍遍地练习。这让我想起梅尔老师以前经常说的一句话："教育就是要不断重复。"

瑞贝卡把课堂指示分解成一个个很小的部分，明确地将自己的要求传达给学生，用这种详细的要求帮助他们成功完成任务。她说："现在，我们要把这些纸整理到活页夹里，我们应该这么做……"她还没说完，坐在后排的一个学生就提前打开了活页夹。瑞贝卡看到了，便对她说："维多利亚，先别做，我还没说完该怎么做呢。"

她每个小时都要这样纠正几十次学生的行为，我喜欢这一点，但我更喜欢的是，她并没有把这种行为训练当成课堂的重点，而只是作为教学的辅助手段。这种潜在的行为干预就好像一部好电影里的音乐一样，只会加强对白的效果，而不会脱离对白。

不久，我就发现自己记下了许多这种课堂上的辅助台词，这样我晚上就可以对它们加以分析了。

我发现瑞贝卡这些台词不是在进行总体上的纠正，而是很具体地说出每个学生的名字和要求，比如"卡里姆，坐直"，"维多利亚，看着我"，"达蒙，听维多利亚说"，"斯蒂芬，你这样我没法教你，你要看着我，我才知道你在认真听"。一上午，她都在不停地纠正学生的行为。

词汇课上，她突然快速地说："贾丝明，你认为呢？大家请看着贾丝明！"贾丝明没有认真听课，所以答得不太好，瑞贝卡的脸上露出很失望的表情。她的表情告诉贾丝明和所有学生：如果不想让这位好老师失望，就要认真听课。

每次传达指示的时候，瑞贝卡都会扫视整个教室，确保每个学生都在听，然后才开始说："好，下面我们请大家翻开拼写书。"那天，我在瑞贝卡的教室听了很长时间的课，最后抽出时间又巡视了一遍其他教室。

第三天，我又来到瑞贝卡的教室，她对自己规定的惯例进行了改良，并告诉学生们具体如何操作："昨天，我发现大家在下课出教室的时候会相互推撞，所以我有一个新规定。下课的时候，我们排成两列，男生一列，女生一列。就从大家看到的我在地上标记的蓝线这里开始排队。"然后她接着清晰地描述了这个解决推撞问题的制度。

她说："我们有太多内容要学了，所以课上一定不能浪费时间。"她流露出一种紧迫感，让学生都意识到要抓紧时间。

在我之前见过的纽约市的课堂上，老师都没有制定严格的行为标准，所以学生们常常会在老师讲课的时候相互讲话。但在瑞贝卡的课上，即使有学生只是和邻座的同学窃窃私语，她也会用最惊诧的表情看着这位学生，并对他说"布兰登，我正在讲课呢"之类的话。

和传统的公立学校一样，我们的学生也参差不齐：每个班都有一些表现很好的学生，不论周围发生什么事，他们都不会开小差；大多数学生都极易受周围环境的影响，他们的表现取决于老师的管理和教学能力；当然，每个班也都有一些喜欢哗众取宠和欺负同学的学生，他们总是想扰乱课堂。学校初办的第一年，众多喜欢惹事的学生之中有一个叫凯拉的女孩子，我和其他老师在开学第一天的早会上就注意到她了，她的脸上一副"别来管我"的样子。我们后来得知，她的母亲常常辱骂她，她和我们学校其他一些学生一样，在原来的学校经常被勒令停学。而一进入我们学校，她又在继续欺负同学。

凯拉会故意扰乱课堂，但这丝毫没有影响到瑞贝卡。瑞贝卡每天对凯拉的态度都是既亲切又严厉，很明显在以前的学校，老师并不会这么对待凯拉。有时，瑞贝卡会把她叫到一边单独谈话。上课时，瑞贝卡会让凯拉明白自己应该服从老师，这也是在告诉全班同学，老师才是掌控课堂的人，而不是这个十岁的孩子凯拉。对于凯拉，瑞贝卡不会简单地说"凯拉，坐直了"，而会说"凯拉，像其他同学一样坐好"或者"凯拉，不要让我专门为你重复一遍指令，和其他同学一起按我说的做"。瑞贝卡用这种方式让凯拉学会遵守纪律。

即使凯拉只是翻白眼表达不满，瑞贝卡也会话说到一半就停下来，盯得凯拉不敢与她对视，说道："凯拉，你可不是这里的老大哦。"

瑞贝卡对课程准备得非常充分，所以可以在课堂上将注意力集中在每位学生身上。她会在每周日晚上之前完成并整理好下一周的教案（尽管她在前一天下午总会对第二天要讲的内容做些微调）。即使她已经读过许多遍上课要教的书了，但还是会在上课前再把书读一遍。她从来不会利用上课的时间去做老师要完成的工作，比如课上批改测验成绩。

她总是清楚地提出自己的要求，让学生去遵守。比如，"今天早上上课时，有些学生在大声埋怨，大家现在请仔细听好我下面要说的话：如果你对我大声埋怨，我是不会帮你做那些事的，因为你不尊重我。你埋怨的时候我的耳朵就自动屏蔽你的话了。如果你用很尊重的语气对我说话，我就一定会帮助你。"我觉得她的方法对于这些五年级的孩子来说再合适不过了——"你埋怨的时候我的耳朵就自动屏蔽你的话了"——当她真的这么做了，只帮助那些说话恭敬的学生的时候，大家都意识到她不是开玩笑的，而是认真的。日复一日，周复一周，瑞贝卡教给这些孩子们的这些好习惯会让他们终身受益。她教会他们成为谦恭、专心、有责任心的学生。这正是我对我们学校甚至对所有学校的希冀。

因为看了瑞贝卡的课堂，当我看到她班里的学生在别的课上不同的表现时，我相当失望。

10月初的一个星期三的中午，吃完午餐，尼克在走廊里拦住我说："自从学校开学，你就在听所有老师的课，你给我的都是一些好的评价，但你曾在最优秀的特许学校里观察过一年的时间，我真心希望听到你客观的反馈意见。"

尼克是我见过的教学经验最丰富、最优秀的老师之一，而他只想要我提出反馈意见？他的教学内容完善，他煞费苦心地设计每堂课来引发学生深入思考问题，他让学生都爱上了数学！

但我意识到在过去的三个星期，我从未在他的教室听课超过十分钟。我主要花时间去听了其他老师的课，他们更需要我的帮助。于是我决定那天要完整地听一次他的课。

我一坐到教室后面，马上发现他的学生在课堂的表现比起上次听课的时候大不如前了。开学第一周我来听课的时候，大约95%的学生都表现得很好，但一个月后，现在大概只有75%的学生表现得比较好。当尼克给大家指令的时候，大部分学生会听从，但不是所有学生都会照做；当他说话的时候，大部分学生会看着他并仔细听，但还是有少数学生没有在听。这意味着一些学生会错过他讲的内容。一些学生还会扰乱课堂，所以他时不时就会把捣蛋的学生赶到教学主任办公室去。随着时间的推移，他课上要花更多时间去处理这些不遵守纪律的学生。

　　我不知道怎样才是教两位数乘法的最好方式，但我能分辨课堂上总体的教学质量和学生表现。按照尼克的要求，那天放学后我们见了一面。我先说了一些他上课的优点："你会用有趣的问题来吸引学生，而且坚持让学生独立思考，让他们对概念形成自己的理解，这一点很棒！"

　　我说的都是真心话，但尼克对这些并不感兴趣，他说："好的，好的，谢谢！但你看我还有哪些需要改进的地方呢？"

　　我告诉了他我那天看到的情况："当你在黑板上写字的时候，胡安、布兰登和维多利亚都在看着窗外，也没有记笔记。卡里姆一直在玩铅笔，根本没有思考问题，所以上课不到十分钟他就已经不在状态了。快下课的时候，卡利尔趴在桌上，没有把你布置的作业抄下来。在你回答戴蒙德的疑问的时候，贾丝明和玛丽在说话，所以贾丝明不知道那个问题的答案。"我继续讲了一些学生的具体表现，这些表现都对学生的学习造成了不良影响。尼克对此非常感兴趣。

　　我告诉他，我看到过一种说法，就是养成一个新的习惯需要花大概七周的时间，还和他分享了我能想到的所有对策，这些都是我通过参观其他特许学校、自己的亲身经历，当然还有听了瑞贝卡的课后总结的方法。

　　我告诉他："说实话，做这些会让你觉得很累，但如果你坚持让学生每分每秒都完全按照你的要求来做，那么七周以后，学生们会从内心上接受这些新的习惯，你的课堂就会有很大改变。"

　　尼克很愿意去做这些事。接下来的几周，他多次邀请我去听课并给他意见，让他不断进行改进。到第七周结束的时候，学生在他的课堂上就像在瑞贝卡的课堂上一样表现得很出色。因为不守纪律而被赶出尼克课堂的学生越来越少，更多的学生会主动完成作业并在测验中得到更好的成绩。尼克对此非常开心，他对我说："这些方法真的很有效，我上课基本不用为纪律问题而头痛了。"

我对他的谦虚和自我提高的能力印象深刻。尼克已经相当优秀了，但其他一些老师还在为学生差劲的表现感到焦头烂额。我怎样才能提升整个学校的纪律呢？

作为一名家长，我已经和公办学校打了十年交道。我特别了解校长可能根本不认识你这个家长，甚至对学生家长避之不及。所以我也能理解为什么一些家长以为我也是这样的校长。很多家长告诉我，他们已经习惯了孩子们以前就读的学校对他们的不尊重，但我希望他们得到应有的尊重。

一些学校会责备家长，说他们没有参与到学生的教育中。但我告诉学校员工，我们要尽自己的力量让家长们感到他们是受欢迎的。我决定从一开始就营造一种不同的气氛。首先，我们会组织老师、家长和学生们一起进行百乐餐（每人各自带一道菜的聚餐）。

首次聚餐的时候，家长一到场，我和尤汉娜就开始与他们攀谈。我尽量询问每个家长的想法，看看他们认为学校哪些地方做得好，哪些地方还需要改进。仅仅半个小时我就记下了六页笔记，我决定对这些家长提到的地方尽快加以跟进。大家用餐完毕后，我让所有家长坐在我们事先摆放好的椅子上，坐成一个大圆圈，然后让学生们坐在圆圈中间的地上。

　　大家坐好以后，我提出要求："请大家都站起来牵起手好吗？"我站起来，牵着站在我身边的两位家长的手。这个小小的动作马上让房间里的气氛发生了改变，从典型的公办学校集会变成了一个亲密的集体。这样牵手的动作让每位家长意识到在座的各位已经联系在了一起。我们都这样站着，而孩子们都抬起头看着我们。我想到这里大部分都是些单身母亲，努力想让自己的孩子在这个大城市里循规蹈矩、过得平安顺利，但单凭个人的力量很难实现这样的愿望。于是，我代表站在孩子们周围的这群大人，对这些学生说："在你们环顾我们的时候，我希望你们能记住这一天。八年后，当你们都进入大学，你们会回想起这一天，它是你们人生重要旅程开始的一天。我们之所以会聚在这里，是因为爱你们、支持你们。你们自己的父母、监护人或外婆，你们的老师和我，还有你们的同学的家长，这里的每个人都爱你们、支持你们，我们就是一个大家庭。我们对你们充满期望，希望你们能遵守纪律、服从老师、每晚完成所有作业、认真对待学习任务。你们有能力做得很好，所以我们不允许你们有差强人意的表现。不论发生什么，我们都支持你们，我们都是你们的母亲，都是你们的父亲。"

　　我看了看大家，发现一位外婆眼眶湿润。她不想放开手，怕破坏了这个圆圈，所以在用肩膀擦眼泪。

　　孩子们都抬着头朝我们微笑，脸上似乎泛着满足的光芒。我们是一家人，是一个集体，我们会一起养育这些孩子。

　　第一学年期末的一天，我在家里准备去哈莱姆乡村学校家庭野餐的东西，我和孩子们把东西打包到停在车道上的车子里，一位邻居看到了，对我们说："星期天还要工作呢，很扫兴吧！"我回答说："不是工作，我们要去野餐！"那天，我和孩子们都玩得很开心。他们和学校的学生一起进行手推车比赛和玩飞盘，我则和老师、家长们一起聊天。我突然觉得，那些不喜欢与家长和学生一起野餐的校长都不称职。

回想10月份的时候，我发现瑞贝卡调整了她教室里的学生座位，从一排排的座位变成了以四到五个课桌为一个小组的安排。她告诉我："孩子们已经可以进行合作学习了。"我很期待接下来会发生什么。

学年一开始的前七周，瑞贝卡在课堂上用了大量时间来纠正学生的行为，而其他老师则在开学第二天就直接开始教学了，现在则有了相反的效果。瑞贝卡的学生上课都非常守纪律，所以她已经可以进行一些颇具创意和高水平的学习活动，但其他老师还需要花大量时间来处理纪律问题，而且好像在这上面花的时间还越来越多。一些课堂上，学生表现还可以，但好像并没有怎么认真学习。其他的课堂上，老师则要不停地训斥违反纪律的学生。

但就在11月初，发生了一件让我不敢想象的事。戴夫不小心撞到了泰勒，但泰勒觉得他是故意的，又推了戴夫，就这样，学校的第一起打架事件发生了。我很伤心。

感恩节的前一周，全体老师一起开了一次长会讨论这次事件。一位老师马上提议："我们真的需要实行惩罚制度了。黛博拉，我明白你认为惩罚并不是解决问题的方法，但我们还是需要一些惩罚措施。"我确信像瑞贝卡那样的防范措施才是最有效的，应该首先教会学生循规蹈矩而不是犯错后再惩罚他们。我在课堂上、在家里和当营地指导员的时候，都是尽量采取防范措施。我知道那些善用防范性规定的老师会有效并谨慎地使用惩罚制度，但我担心一些教学经验尚浅的老师会运用不当，甚至用这些惩罚制度代替防范性规定，最后令孩子们都学习得不开心。尽管我坚信应该使用防范性规定，但我还是觉得应该听老师们的意见，他们的确希望学校制定惩罚制度。

所以，放假回校后，我们在早会上向学生介绍了惩罚制度。我们准备了一份文件，上面列举了学校对学生的要求，在文件的最下面，我加上了两行字，希望学生能记在心上。这两行字是：我主宰自己的人生，所以我只做对的事仅仅因为这么做是对的。

整个冬天和春天，惩罚制度让学生违反纪律的事件有所减少，形势略有好转，但直到6月之前，我们还是在烦恼纪律问题。一些课堂上，有些学生扰乱学习进度；而另一些课堂上，学生的表现更过分，老师天天都要把一些学生赶出课堂；还有一些学生对老师特别不尊重，把老师都气哭了。这不是他们的错，是他们之前就读的学校没有教好他们。现在，我作为学校领导，就有责任教好他们。

第二学年，我要同时忙着准备几件事。我们准备在第三年的时候再开办一所中学，所以又要重复一次创办学校的那些筹备工作。我在保证第一所学校的教学质量的同时，还要忙着招聘第二所学校的办学团队，更别说还要扩充教学设备、维护社区关系、应对学校运作问题和筹集资金。每天都有做不完的事，时光在一天天的忙碌中飞逝。

说到我的孩子们，更加觉得时间过得真是太快了，我都不敢相信最小的瑞秋都快13岁了，也该为她举行成人礼了。我们大家还是会想念乔尔，但也逐渐习惯了没有他的生活。

瑞秋成人礼那天，她完美地演唱了祷告词，会众们都被她甜美的声音打动了。瑞秋继承了乔尔对音乐的喜爱。她的讲话主题是关于爱。她说："父亲去世之前说过，如果我们家里一定要有一个人生病，他很开心是他而不是母亲。但母亲希望生病的那个人是她而不是父亲，这样父亲就可以活下来了。他们都更加在乎对方，他们以自己的实际行动教会了我真爱的意义，我会铭记在心。同时，他们也教会我要关心他人，不应该想着我能从人生中得到什么，而应该考虑我能为这个世界做些什么。"

瑞秋的确将这个道理记在了心里。接下来的这一年，她组织了一个志愿服务项目，从她们学校招募志愿者，每周六辅导我们学校的五年级学生，这个项目持续了四年。瑞秋成了一位自信、独立的思考者。我至今还记得她小的时候光脚穿着靴子跑到外面去玩雪，当时我对她说："瑞秋，把袜子穿上，外面很冷，每个人在冬天都穿了袜子。"但她开心地回答说："我的世界就不用穿袜子！"

那天的成人礼非常精彩，也表明我们一家人都在心理上恢复了。父亲看到这些，决定和我讨论重新找对象的事。那天聚会后回到家里，他提议说："你试试网上相亲吧。"我很难想象把自己的照片和个人信息放到网上，但我没有明确拒绝，只是谢谢他的好意，并告诉他我对网上相亲不感兴趣。我后来才知道，他悄悄让我女儿把我的简介放到网上去了。他对她们说："你们可以看看有没有人对你妈妈感兴趣。"当时上九年级的查娃说："可是外公，如果有人要跟妈妈约会，我该怎么办呢？"

学生在第二学年的表现比第一学年好一些了，比起周围那些失败的学校更是好太多了。但我并不满足，仍然坚持对学校的设想，现在的表现与我的目标还差得很远。在教学质量上我们还存在很多不足，比如，一些课堂很吸引学生却缺乏严格的管理，还有一些课堂管理得很严格却没有热情。而且在很多课堂上，管理纪律的方法比较被动、消极。我心中时刻惦记着赛威尔学校行为自主的那些学生，他们的表现才是真的好。

所以，第二学年结束后，其他老师都放暑假了，我利用整个7月的时间阅读和研究，并反省了之前犯下的错误。我决定在第三年要采用全新的纪律管理方法。我不会通过培训教师来给他们灌输信息，而会促进教师共同研究、充分利用集体的才能。

8月，每位老师都回来参加暑期培训了，这是我们每年8月举办的教师培训会议。此时，我们已经有两所学校了：开办第一年的新中学，和已经进入第三个年头的最初开办的那所中学。学校员工数量也增加了许多，坐满了整个教室。

我决定要努力让全体学生都有好的表现，同时提出了一个新的想法：老师们要设计一个为期三天的学生行为规范指导课程。我和大家分享了一些如何设计行为规范课程的意见，比如对学生的每个行为细节提出明确的要求、花一些时间进行行为训练、让课堂更加生动有趣、与学生讨论这些规定背后的原因，以便更好地尊重学生的理解力、让学生分析案例和错误的行为等。我又提醒老师们，不能只是在这三天的课堂上强调对学生行为的要求，在接下来的整个9月和10月都要对学生行为进行监督，直到这些行为成为学生的习惯。

但我给的意见都很简要，正因为我充分信任老师，给他们整个项目自主安排的权力，所以我们学校必将有所突破。

我让老师们想象怎样的学生行为是完全符合他们的想法的，并对他们加以引导。我说："想想你们理想的课堂是怎样的，你们希望学生表现得怎样？现在就把你们期望中的情况设计到课程方案中，把这种想象变成一个明确的计划。"现场的老师纷纷开始表达自己的想法和设计。

一位六年级的老师说："我梦想中的课堂，是我说话的时候学生们都应该认真地听。"

另一位老师表示赞同："这也是我想象中的样子，认真听我讲话，也要认真听其他同学说话。"

"但如何才能让学生都做到这一点呢？有的时候真的很难让他们认真听讲，他们会心不在焉地在书上乱画或敲打铅笔。"

一位新来的老师说："那还好点，至少他们没有扔铅笔。"

一位老员工说："是啊，就是因为我们总为小事担心，所以像扔铅笔这种事在我们眼里也是难以想象的。"

另一位老师开玩笑地说："那转铅笔呢？"

"我们在课堂上是否应该允许学生削铅笔呢？我都快被这种事逼疯了。学生去削了铅笔回到座位上，我就得重复刚才说过的话，这样的重复会让其他学生感到烦躁，可是如果我不重复，这个削铅笔的孩子剩下的课程就完全跟不上了。"

"是啊，还有的学生一直在削铅笔，铅笔尖得都可以做手术了。"

大家一边分享那些让人苦恼的有关铅笔的故事，一边笑。

"所以我们的决定是什么？我们还是需要一个计划的。"

"所以我们就规定上课时不能削铅笔。就这样。"

"我同意。还有，如果他们没有准备好就来上课，就要扣分。如果所有老师都保持一致，他们很快就会适应这个要求的。"

"好，问题解决了。"

"等等，我还是觉得应该好好上课，我们不能总是因为学生需要削铅笔之类的小事去扣分。"

"我也这么觉得。"

"我觉得这就需要防范性措施，我们应该先想办法防患于未然，而不是事情发生了再去惩罚学生。"

"嗯，那我们让学生养成习惯，每天早上来上课的时候就带上六支削好的铅笔，这样就能防止他们因为削铅笔而错过讲课内容了。"

"对。我们要教会他们在前一天晚上就准备好学习用品。我们的行为规范课程主题就是'做好准备'。"

"好啊。"

老师们以小组形式热情地进行着讨论，他们设计了十几堂关于学生行为的课程，一些课程还会使用滑稽短剧、歌曲、大幅图画，甚至恶作剧来活跃课堂气氛。

这次共同研究非常成功，每位老师都跃跃欲试，都想把和同事一起设计出来的课程付诸实践。

开学第一周，老师们相互支持、听课并分享反馈意见，在这样的相互学习过程中，老师们进一步加强了对学生行为的管理，所以越来越多的课堂呈现出亲切与严格的完美结合。

老师们相互之间积极吸取好的想法，那些最有效的方法得以在整个学校广泛使用，而这并不是我强制要求的，而是老师们觉得有必要在学生中保持一致的教学方法。玛丽是一位出色的写作老师，她是在第四年加入我们学校的。她发明了一种无声的手势，在他人发言的时候，学生可以用这个手势来表示他赞同说话人的想法。这个方法可以有效地让学生积极地参与课堂，同时也不会打乱课堂节奏。这个两个手指分别从前额向前向后指的手势在学校十分流行，所有老师都在使用。学校里经常会有这种被师生广泛采纳的方法。老师们一起开了几十次群策会议，讨论哪些规定和要求应该在全校广泛使用，哪些应该在同一年级内统一使用，哪些又应该保留为老师的个性化方法。

接下来的几年里，老师们又进行了许多类似于铅笔问题的讨论会，大家在会上讨论统一安排的作业夹、午餐时的学生表现、课间休息时的学生表现、到校与放学情况、进出教室的规定等问题。我们讨论如何教会孩子们诚实守信、谦恭有礼以及恭敬地提出异议。

老师们会不断地改进自己的行为规范课程，所以课程效果每年都在提升。而老师们在设计与实施行为课程、分析错误和改进课程的过程中，也更善于运用防范性措施了。

贾森就是其中的一位老师。他初来哈莱姆乡村学校的时候，决定教一堂题为"找回自己"的行为规范课，教会学生在课堂上迅速地从娱乐转变到严肃的学习上。他说："在以前任教的学校，我的课堂管理还可以，但算不上很好，所以在把学生从娱乐和欢笑中带回到学习任务上时，我有时会失去对课堂的掌控，最后只能靠提高声音来吸引大家的注意力，结果也没有办法让课堂变得有趣。"他看了我们学校里一些优秀老师的教案，并从中吸取喜欢的部分，剔除不喜欢的部分，然后找一位经验丰富的老师听课并给予反馈意见，根据这些意见他对教学设计加以改进。他说："这整个过程让我发现，我在以前的学校并没有尽力做到最好。"

其实，他有巨大的潜力。第二年，他不费吹灰之力就掌控了整个挤满几百个学生的会堂，沉着且亲切。他说："如果我一来学校，学校就交给我预先设计好的课程让我来教，那我就什么也学不到了。我之所以如此有干劲就是因为我可以自己设计课程。"

现在，别人来参观了我们学校以后，都会有三大反应。首先，他们会问："你们的学生是经过挑选的吗？"与我八年前在波士顿听过瑞贝卡的课之后的反应一样，学生的课堂表现看起来太完美了，显得很不真实。其次，他们会怀疑自己参观的是不是我们学校最好的班级。但当他们继续参观的时候，就会发现，无论他们在任何时候走进任何一间教室，学生们的表现都非常棒。最重要的是，他们会问："孩子们总是能在获得快乐的同时还表现得如此规矩吗？"

他们不知道我们为了达到这个目的费了多大的心思。

多年来，我们想出了很多方法来塑造学生的性格。有一组老师创造了"家庭集会"的方法，每周五下午让学生与自己的指导老师见面，以小组形式面对面讨论每个学生身上存在的问题。一天，我来到由尼廷主持的家庭集会上。尼廷是我们从纽约教学研究员组织招聘来的老师。一名男生在课堂上戏弄了另外一名男生，所以尼廷在引导这两个男生进行情感上的对话，其他男生则在旁听。这个戏弄别人的十二岁的男生向对方道歉了。想到在这些男生曾经就读的学校里，暴力打架事件天天发生，面前这种发自内心的自发行为让我觉得不可思议。但尼廷想让这位道歉的男生达到更高的行为标准，尼廷看着他，说："'对不起'只是一句简单的话，你下周准备做出怎样的改变呢？"听到他这么问，我非常激动。我们没有给老师们下发性格教育项目的讲稿，充分信任每位老师，这样的对话就是成果。

对于许多学生来说，这个重视培养他们且秩序良好的学校拯救了他们的一生。一位女学生说："在以前的学校，我总是被人欺负，我很生气也很难过，好几次想要自杀。后来有一天，一个坏女生开始议论我，我吼了她，还打了她，我的父母这才知道我在学校经常被捉弄。现在在哈莱姆乡村学校，没有人嘲笑我。如果不是因为这所学校，我都不知道自己以后会在哪里。"

来校参观的人经常问我们的学生，这所学校与他们之前的学校有什么不同。一次，来访者正在与七位学生讨论这个问题，我听到了他们的一些看法。一名女生说："这所学校给我们布置更多的作业，而且这里的学生也更加友好。"一名男生说："课程更有意思，其他同学对我都很好。"另一名学生说："老师不会让学生逃课去玩，每个人都很友好。"似乎每位学生的回答都会提到同一个话题：同学们很友好。于是一个人问道："你们觉得为什么这里的同学很友好呢？"

一个十一岁的女生举手回答说："我们第一天来上学的时候，校长和老师就告诉我们要团结友爱，学校里不允许嘲笑和打架。学校有详细的规定，所以没有人会来伤害我们。我们不用担心会挨揍，也不会有人欺负我们，所以我们也不用相互之间充满敌意，不用表现得很坏，于是大家都可以成为好孩子。"

那时，我才完全理解了一年前一位母亲对我说的话："谢谢你让我的儿子又回来了。"我对她笑笑，还没来得及回答，她就抱住我，说："我的好孩子总算回来了。"

第 12 章

让孩子爱上阅读

I Used to Throw My Books Away

尤金盯着自己的铅笔，他坐在最后一排的最左边，一副烦躁不安的样子，看看窗外，然后又开始摆弄他的铅笔。

所有新入学的学生正在进行第一次诊断性阅读测验。这是一个我们学校自己设计的内部考试，用来测试学生的阅读水平。老师们在监督整个考试，我则到每个教室巡视情况。我看到很多学生都心神不宁，一半的学生答不出来几个问题，尤金的纸上更是什么也没写。我走近他的座位，看到他快哭了。

尤金很努力地看着他空白的答题纸，然后抬起头看看我。我蹲在他座位旁边的走道上，小声对他说："没事，我们会帮助你的，我保证。"听我这么说，他哭了起来，虽然他尽量忍住眼泪不让同学看见。我提出带他去我办公室，他点头答应了。

我先问了他一些关于他最喜欢的运动队的问题，好让他愿意和我交流。他放松下来以后，我开始询问关于考试的事。他的态度马上发生了改变，耸耸肩说："是阅读考试啊，我阅读考试总是不及格的。"

不幸的是，在他以前的学校，这个问题好像并没有引起关注，他每年都顺利进入下一年级，但每个年级的老师都没有教会他阅读。

那一年和之后的每一年，我们都发现大部分入学的五年级学生的阅读水平都介于幼儿园和三年级水平之间。刚来哈莱姆乡村学校的时候，尤金的阅读水平就相当于幼儿园学生的水平。连续五年阅读都不及格，这让他那天早上连尝试去做那份试题的自信都没有。

每年入学的学生中都不乏像尤金这样的学生。这些学生在之前就读的学校连元音与辅音的发音都没学会，也有些学生知道如何读字母，但没有学会单词的发音。

对于数学、科学或社会研究这些科目，你可以让学生在两三年的时间里迅速赶上来，但是阅读是无法在短期内得到大幅提高的。识字的基础能力始于婴儿时期，随着儿童大脑神经通路的发展而进步，几个月甚至几年的良好教育也弥补不了这种脑部发育。

而且阅读无法被分解为独立的事物和技巧。阅读教学很复杂，包括很多因素：发音、流畅性、词汇和理解力，所以要花大量精力来确定一名学生究竟在哪一环节出了问题，为什么学不好阅读。

我在第一次参加的全国特许学校会议上见到了霍华德·富勒。他就是传说中的教育机构黑色联盟的创始人。他在演讲一开始就说："1960年2月1日，四名北卡罗来纳农工州立大学的学生在格林斯博罗市的一间餐厅要求得到服务。转眼间到了现在，我们的学生可以坐在餐厅里，并受到欢迎，但他们看不懂菜单。"

演讲结束后，霍华德给我讲了件更可怕的事。他告诉我，监狱建筑行业有一个很简单的商业模式，他们会参考全国各个社区四年级学生阅读考试的不及格率，然后就把监狱建在阅读水平差的社区。如果一个孩子九岁之前还不会读写，他一定会在年轻的时候就进监狱。

看到尤金的遭遇，我想起了霍华德说的那些话。不知道如果尤金一直学不会阅读，五年后他的生活是怎样的。站在我面前的这个孩子聪明、天真、可爱，可其他学校都没有教好他，我不能让这种情况继续。

几十年来，哈莱姆区都是全国成绩最差的学区之一，高文盲率让全区都感到丢脸。2002年，这个区只有29%的四年级学生在基础阅读考试中及格。更令人烦恼的是，学生每年的成绩都越来越差。到八年级的时候，只有16%的学生的阅读水平达标。

必须有学校改变这种情况，所以我决定弄清楚究竟哪些因素决定了阅读教学的成功。

我先打电话给州教育厅，向他们索要一份低收入地区公立学校的名单，而且这些学校的共同特点是大部分在校的八年级学生都能在阅读考试中及格。我不在乎这些学校是特许学校还是传统的公立学校，唯一的要求是这些学校没有入学限制。我们学校的学生都是随机选的，所以我要确保自己学习到的经验适用于我们学校。我估计纽约州这样的学校大概有50所，我打算拿到这份名单就去成绩最好的那些学校参观。

但教育厅并没有给我答复，所以我又打电话过去，他们才给了我四所学校的名称和电话。我说："十分感谢，但能不能把整个名单都发给我呢？"电话那头的人好像有点困惑，她说："就是这些了。"

我继续解释说："呃，好吧，可能有点误会吧。我不只要曼哈顿地区的名单，我想要一份整个纽约州的完整名单。"她说："就是我刚给你的那份名单。"简直不敢相信，只有四所学校满足条件。但只能这样了，那就去看看那四所学校吧。

当年帮助我完成特许申请并在我们高中任英语老师的安德鲁陪着我去参观了第一所学校。我们在那所学校参观了一整天，观摩阅读课教学并与全校最优秀的阅读老师会面交流。午餐时间，我们和学生聊天并查阅他们的学习资料夹，发现里面都是作业、季度考试卷和每周测验。

我马上发现有点不对劲，但又不想过早说出来，于是继续参观。到参观快结束的时候，我仍然觉得这个想法是对的，所以把安德鲁叫到一边去交换意见。我说："你看到他们那些日常练习作业了吗？"他失望地说："看到了啊，那些课程基本都是关于考试培训的。"这正是我注意到的问题：那位学科带头人完全按照纽约州指定的考试内容设计她的单元设计、课程设计和测验。

我又对安德鲁说："看这里，这个学生这道题得分了，但是有两个词用错了。"我快速检查每张纸上的内容。

安德鲁低声说："看这里，这个学生得到了满分五分，但这个句子完全说不通嘛。"

我们后来得知纽约州考试的评分制度中规定：只要学生尝试在文章中使用经过思考的词汇，即使用错了，也要给分。这所学校被认为是纽约州最好的学校之一，但看到他们完全围绕考试内容来进行阅读课程的设计，我非常失望。他们的教学内容也只要求学生能够应付考试：老师明确地教学生用"晦涩的词"，如果学生错误地使用了这些词，老师并不会纠正，这样会误导学生，让他们以为自己明白了这些词的意思并且已经学会使用它们了，但事实并非如此。

这所学校似乎查阅过之前的州立考试，分析了每道考试题并搞清楚了怎样的答案算是正确，然后完全围绕着考试设计了整个阅读与写作课程。我参观了其他成绩较好的学校后，发现这些学校都是这样。

我可不想这样教我们学校的学生。我希望他们可以深入研究经典名著和当代名著，分析文章的内涵，并能够围绕深刻的主题写出连贯的文章。

所以，每年夏天，在新老师的欢迎会上，我都会说同样的话："我们要为学生考试成绩负责，但考试不是课程的全部。教会学生考试相关的内容固然重要，但这只是第一步。我们应该把学生当成自己的孩子，你希望自己的孩子从学校学到什么，就应该教给学生什么。"全体老师、校长和我都强烈希望实现我们共同的设想，这种使命感能帮助我们度过那些困难的日子。我们学校的学生在以前就读的学校基本都没有学会读写，这对我们来说是个巨大的挑战，而在面对这一巨大挑战的同时，我们还要想办法达到高水平教学，路漫漫其修远兮！

在学校开办的最初两年里，我和瑞贝卡经常讨论阅读与写作教学。我们希望学校可以实现高水平的阅读教学，教学生对复杂的文章进行分析解读。我们想鼓励学生快乐阅读，增加他们的词汇量，并让他们达到正常的阅读水平。当然，我们也会教一些基础的阅读技巧让他们可以应付州立考试。最初那两年，为了达到这些目标，我们多安排了一倍的英语课时间。

但在第三年年中，瑞贝卡请了产假，我们的教学又陷入了困境。有的课堂上，老师会巧妙地设计一些复杂的问题提问学生，以提高他们的理解能力。但另一些课堂上，我则看到学生们在作业纸上就一些简单的问题给出简单的答案，完全是一些琐碎而无意义的任务。

多年来，我花了数百小时去了解读写教学，积累了大量问题，回答了一个，又会出现更多。比如，应该花多少时间在阅读技巧上？如何防止学生在假期中退步？是否应该建立教室图书角或学校图书馆？更有效的词汇教学方法是什么？如何让家长也参与到学生的读写教育中？每年应该要求学生有多大的进步？

我曾召开过周五读写会议，所有的老师、校长和教务主管都可以自愿参加。会上，我们讨论所有关于理解力、词汇、写作及语法等各类有关读写教学的问题。我们一起阅读相关书籍与文章、聘请专家、参观其他学校并交流想法。

艾米丽经常来参加周五的会议。她遇到了一个难题：她的许多学生都会在一个阅读水平上停滞不前，她也找不出原因。她从我们学校采用的内部阅读测试中也得不到任何有用的信息。她说："我一开始以为这个问题没办法解决了。我们学校已经使用这种阅读测试很多年了，而且要改变这一问题必须调整课程时间安排。"她觉得这些都不可能实现，但最后我们真做了一些调整：让老师们可以自由调整内部测试的内容，并调整了课程时间安排来支持新计划。艾米丽说："学校如此重视老师们的想法，真的很了不起。"通过新版阅读测试，艾米丽找到了影响她的八年级学生阅读水平的潜在因素：他们的流畅性很差，就降低了他们的理解力。搞清了原因，她对课程结构做了微调，于是学生的阅读水平又开始进步了。

每年，学校总体上的教学质量都在慢慢提高，但我还是觉得太慢了，希望看到更明显的提高。于是，我放下所有的书籍、笔记和清单，重新将学校教学与自己对孩子的养育理念结合起来。我一直希望自己的孩子能爱上阅读，所以从不让艾维、查娃和瑞秋看电视，我觉得这一点太重要了。虽然他们每隔几个月就会抱怨，但我总是用同样的方法应对——转移话题。这个方法竟然用了十几年都非常奏效。

虽然对于看电视这件事我不会让步，但孩子们一升入初中，我就将条件放松为每周有一晚可以看电视。同时我在每个房间都放上书籍、工艺品和谜语，而且经常带他们去书店。如果他们喜欢上一种书，比如《哈利波特》小说，我就会在他们读完以后推荐一些类似的书，比如《纳尼亚传奇》。我密切关注他们喜欢的事物并买一些符合他们兴趣的书籍，比如瑞秋反复阅读过的那二十四本关于动物的图解系列书籍。这些努力让他们在很小的年纪就爱上了阅读，每周都要读两到三本书。

当初我和安德鲁撰写特许申请的时候，我联系了我的孩子就读学校的英语课程组长，向他请教学生的指定阅读书目，发现课程要求中规定学生每年只需要读七本书。于是我又找安德鲁帮忙，我问他："你能不能帮我统计下初中学生应该阅读的经典著作，列个清单发给我？"他发给我的书目包括一百多本课程要求之外的书籍。我把这份书单贴在厨房里的小布告板上，并全都买了回来，孩子们几年就把它们都读完了，而且把阅读当成一件快乐的事。

想到对阅读的喜爱让我的孩子充满求知欲，我决定为哈莱姆乡村学校树立一个目标："让学生爱上阅读！"我告诉老师们，如果我们的学生能真心爱上阅读，自然就会每天阅读至少一个小时，那么，一年就能读五十本书。但这么做不是为了让学生读五十本书，而是要让学生爱上阅读，我们的目的是激发学生对阅读的喜爱。

树立这样一个简单的目标可以让老师们充分发挥他们对教育的热情，学校的教学质量开始突飞猛进。

大部分学生告诉我们，他们以前一年也读不了五本书，他们之前就读的学校并没有让他们养成快乐阅读的习惯。我一辈子也忘不了一个十二岁男孩的话："我以前都把书扔掉的。"

这个挑战并没有吓倒我们的老师。他们更新了教室图书角的书，利用布告板进行书目展示，与学生们谈话以激发他们的读书热情，并围绕快乐阅读改进了课程设计。这样的变化使得老师们热情高涨，校长们也积极地支持他们。没过多久，两所学校都充满着对阅读的兴奋。

第四年的秋天，一天课间休息的时候，我看到尤金坐在会堂的地板上，他在专注地读一本有关足球的书。我走过去，看到他在遮盖什么东西，就问他："你在遮挡什么？"原来他在内封面上潦草地写了满满一页关于足球的笔记，所以不想让我看那本书。他应不应该在书里写字并不关我的事，我只在乎他的阅读水平已经达标了，而且他现在会开心地阅读和写作。

尤金看着我，难得地露出了笑容，说："我已经把这本书读了三遍！"

第 13 章

美国总统到访

People and Culture

这是2007年4月一个多云的星期四的上午，电话响起，我接起电话，那边的人说："你好，这里是白宫，总统想在周二去参观你的学校。"

第二天，看到一群特工来到我们初中，我确信这不是学校老师和我开玩笑。这些特工查看了学校的所有出口、地下室、房顶和楼梯井。四天后，布什总统就会来访我们学校，并在学校会堂发表一段关于教育改革的讲话。

周五晚餐时，家里唯一的话题就是总统即将到访。我问孩子们："周二那天你们都会来吧？"

已经上高三的艾维说："妈妈，我是不会去的，我为什么要和这个发起伊拉克战争的总统共处一室？"我养育了一家的自由主义者，要说服艾维是很难的。六年级的时候，他们班的老师让学生们给新任总统写信。他在信的开头写道："恭喜你赢得选举，希望你在新的职位上一切都好，但我对你有一些建议。首先，你应该学会怎么说英语吧。"（老师把所有六年级孩子写的信都寄出去了，唯独没有寄他写的这封。）

瑞秋对艾维说："这和总统没关系，重点是他要参观妈妈的学校。"

我同意瑞秋的说法。我对他们说，这次参观和政治没有关系，总

214

统的到访对我们学校的学生和老师来说是一种荣幸。

查娃插话说：“是啊，而且这次参观可能会带来一些好事。也许总统在参观期间会上一堂语法课！”

“孩子们，这可不是关于总统政见的全民投票。”我说。

艾维总算答应了：“好吧好吧，我去就是了，但是我不会起立，也不会鼓掌。”

这个周末相当漫长。众多的媒体报道令人目不暇接。学校开办的这四年里，我总是拒绝电视和报纸的采访请求，我觉得这些媒体活动会让大家分心，所以我也没有创建网站。可这次我们别无选择：白宫已经准许几十位记者当天来我们学校参观。不管我们喜欢与否，我们现在都成了全国关注的焦点。

周二早上我到达学校的时候，街道已经封闭了，各个角落都站着警察，狙击手也在我们房顶上摆好了射击姿势。媒体采访车停在各个巷子里，学校外面聚集了一大群记者和街坊邻里。嗅弹犬把会堂嗅了个遍。几个我不认识的门卫拿着拖把站在旁边的娱乐室里，一看他们拿拖把的姿势，就知道他们是特工，伪装得太差劲了。

会堂瞬间就挤满了人。九点整，会堂的门就锁上了。一个戴着耳机的人对我和其他七个欢迎委员会的成员说：“从现在开始，没有人可以进出这栋楼了。”特工把我们带到后面的一个走廊里，总统将在这里出现。一个特工说：“还有五分钟！”

特工突然改变了计划，催所有人上楼去，只把我一个人留在了那里。空气中传来车队警笛声，总统座驾停在了我们的柏油操场上，十几名特工立刻将其团团围住。总统迈着轻快的步伐向我走来，我带着他上楼的时候，他开始问我一些问题：“你当初为什么创办这所学校？你对考试怎么看？你如何获得如此杰出的教学成果？”

本来这次参观安排的是二十分钟，但由于总统亲切地到访了每间教室，整个参观过程持续了一个小时。他把头伸进教室里，调皮地和学生们打招呼，这并不在官方行程安排中，学生和老师都很开心。

不知不觉，我们就来到了会堂。在拥挤的会堂里，我站在数十台照相机的闪光灯下，为大家做介绍：“女士们先生们，欢迎我们的总统。”

那天晚上，哈莱姆乡村学校成了各大电视广播公司的头条。总统将我们学校誉为全国教育的榜样，他说：“所有学校都应该向哈莱姆乡村学校学习。我喜欢来到一个表现超出预期、给我惊喜的地方。”麦克·布鲁伯格市长也将我们学校誉为“全国杰出教育典范”。没过多久，社会名人、政治家、教育家和公司总裁开始经常到访我们学校。全美广播公司的晚间新闻主持人布莱恩·威廉姆斯后来说我们“给全国的学校上了一课”。

晚间新闻后，一位董事会成员打来电话说：“太棒了！”我回答说：“谢谢，可是这并不应该让大家感到意外。我的孩子们在威斯彻斯特就读的学校年年考试几乎都是百分之百的及格率，也没有人因此而庆祝，这是理所应当的事。我真的希望学生能写出成熟的……”

我话没说完，他就打断我说：“黛博拉，别说了！这么开心的日子，只管享受就好了。”

艾维无意中听到我们对话。他对一切事物都有自己强烈的见解。

他问："你在和谁说话？"我告诉他，一个人打电话来祝贺我，但我觉得我们还有许多地方需要改进，没必要这么关注我们。

"妈妈，你真的这么想吗？其实你已经做到90%了，可你总是只看到没做到的10%，你为什么总是这样呢？"

瑞秋也在厨房里说："妈妈，他说得对。你应该开心起来。"

我的确为学生们感到开心，他们在努力学习，理应得到大家的认可。看到老师和整个团队因为创造了伟大成绩而得到社会的认可，我也很为他们开心。

但事实是我们还未实现对学校的设想"把学生当作自己的孩子来教育"，我们还未能给学生提供像私立学校那样优质的教育。大家都非常努力，但没能实现这一设想，而且我也不确定怎样才能实现这一设想。

8月的时候，老师和校长们又要齐聚一堂参加我们第五年的暑期学院，我会把握这次机会对老师们的出色成绩进行肯定，但我要怎么说才能让大家把教学与我们最初的设想再次结合起来呢？更重要的是，大家怎样才能全力为这一设想努力呢？

学院开课的第一天早上，我到达的时候，发现了一样在哈莱姆乡村学校从未出现过的东西：姓名牌。筹备学校的那几年，每位老师都是由我亲自招聘的，但现在学校拥有了那么多我从未见过的新老师。

我走上台，先表达了对各位员工真挚的感谢："举国上下都为大家取得的教学成果感到震惊，我也为你们感到骄傲。"我还专门点名表扬了一些个人和集体。

我接着说："现在的挑战就是我们要向更高水平的教育努力。大家看到我们学校的考试成绩，认为我们缩小了与好学校之前的差距，但我们还可以做得更好。"

然后我告诉老师们，希望他们能记住以下三点：第一，在州立考试中及格并不代表我们已经缩小了差距。我说："基础考试不是我们衡量学生成绩的标准，我们的衡量标准是看学生能否对一篇好文章做出自己的分析，能否解决复杂的问题，能否写出有条理的文章，能否进行深入的思考。"我承认我们要为每年的州立考试成绩负责，但我们也必须严肃地对待这一责任。"我们不能只是为了考试而教学，孩子们应该得到更好的教育。"

第二，不能陷入各大新闻头条对我们学校考试及格率的表扬中。我说："我从来不对自己的孩子说'及格'这个词，一次也没说过。而且在我自己的成长过程中，也没有听家里人说过'及格'。我们学校也不应该说这个词。大家对自己的孩子都是怎么要求的？难道只要求他们考试及格吗？当然不会。"

第三，我想明确地说一下我的想法，我认为光有学术上的成绩还远远不够。我觉得教育的目的应该是塑造健全的人。我说："作为母亲，我希望自己的孩子不仅成绩好、能获得成功，更希望他们拥有健全的性格、成熟的思维、极其独立的思考力、对阅读充满热情，并且富有同情心，希望他们过有意义、有思想的生活。这也是我对哈莱姆的孩子的期待。"

我知道所有的老师和我的想法是一样的。我现在疑惑的是，在老师们努力实现这一理想的时候，我应该做些什么来更好地支持他们呢？在学校听课的时候，我看到一些课堂很精彩，一些还不错，但还有一些则不太好，我无法接受这种教学效果上的参差不齐。

我经常和老师、校长们一起吃饭、聊天，发现一些老师在学校很开心，一些老师则表现出严重的挫败感；很多老师都很积极、有想法、主动为"我们"学校解决问题，让整个办公室都充满活力，另一些老师则总是抱怨"这所"学校，他们消极、夸大事实、说闲话，打击了其他老师的士气。

还有学生们的看法。其实学生们都很开心，因为老师很关心他们，但还是有一些学生会跑到我办公室来告诉我他们不开心、课堂内容不精彩或者说"上学很枯燥"。

与大多数公办学校相比，我们学校被认为是全国的典范。第五年期末的时候，我们的学校创造了历史：在哈莱姆区，首次整个八年级的学生数学成绩都达到良好。但我并不在乎全国的称赞，而是更关心教室和老师办公室里的情况。每年，都有一些优秀的老师慕名加入我们学校，但很多老师最后也很失望，甚至辞职。我想搞清楚自己哪些方面应该做得更好，让我开办的每所学校里的每位老师都开心并取得教学成绩。我希望所有的老师和学生都能充分发挥他们的潜力。

我们准备在一个临时教学场所再开办一所新高中，我又有一堆的事要忙了：监督教学质量、教师招聘、学校运作、学生的读写能力、筹资情况等等。我们现在拥有三所学校了：两所生源额满的初中和一所新办的高中。

回想第四年的时候，是否要开办高中这个问题引起了激烈的争论。

如果选择开办高中，就有一堆新的挑战要面对，但如果不开办高中，那些在我们学校接受完初中教育的八年级学生又得回到那些失败的教育系统中。

实在是左右为难，于是我采用了在做重大决定时的惯用方法：召集领导团队开会。尼克、劳丽、马特、学院办公室主任和新任教务主任挤在我的办公室里，办公室里还有其他四位同事。我们围坐在一个从宜家买来的桌子周围讨论这个问题。马特开玩笑说："大家不要呼吸，不然桌子会动。"

像往常一样，我们坐在一起讨论了开办高中的利与弊。我认真倾听同事的观点，认为应该推迟开办高中这一计划的观点占了上风，理由是我们缺乏教学设施和开办高中的经验。提高教学质量与加快学校发展两种意见相持不下。比起开办第三所学校，是不是把时间和精力放在现有的这两所学校上更好呢？

就在讨论激烈的时候，尼克说："黛博拉，这里太闷热了，把窗子打开吧！"

过去开窗子的时候，我看了一眼窗外，看到八年级的瑞伊莎在操场上。我很喜欢这个孩子，她在这三年里取得了很大的进步。我们怎么能抛下她，让她的未来遭受风险呢？这个讨论瞬间不再是摆道理或考虑实际情况，对我来说，这关乎瑞伊莎的未来。

我们进行投票，两人赞成办高中，两人反对，我的这一票决定了我们要开办高中。

我们现在需要一个可以长期使用的高中教学楼。虽然在我们当初翻新第一所学校的临时教学点的时候，我处理过教学设施问题，但一想到在纽约市找到一个可用的教学楼要克服重重困难，我还是有点望而却步。我们要开着小货车在哈莱姆的街道上搜寻适当的地点，说服那位拒绝过很多出价的卖家接受我们开出的价格，参加社区管理会议以获得社区的支持，应付反对势力，与层层官僚机构斗争，说服当选官员。幸好有一些精通房地产的顾问指导我们解决了复杂的法律、建筑、财务及后勤问题。我后来和朋友们开玩笑说筹备教学设施这个痛苦的过程让我至少哭了三次。

第一次是我和最初磋商的那位卖家在他位于市中心的办公室里开会时，他告诉我他决定将房产撤出市场，但我已经为了促成这次交易努力了18个月。我当时十分伤心，在57号大街和7号大街拐角处的那个杂志摊摊主很善良地卖给了我一包纸巾。

第二次是在经过两年的不断会面和几百通电话后，一位政府官员否决了我们学校的第二次教学设施交易。我难过地大哭起来，然后穿上运动鞋去跑步发泄。又过了八个月，经过几十次会面后，这次交易终于被批准。但我们还得筹集资金。

第三次就是2008年全球金融市场崩盘时，我们最大的资助商在最后选择了撤资。当时我们必须在短短的五周里筹集到数百万美元的资金，否则就得放弃整个项目。

回想2002年，在普罗维登斯市举办的盖茨基金会议上，唐和拉里曾经警示过我：经营一个新创办的教育机构要求你马不停蹄地一直努力，这不仅和学术相关，还涉及商务、金融、融资、管理和设施等方面。

他们说得太对了！

因此，虽然天天都要面对不断的挑战，我还是很重视这些方面的学习，总会抽出一些时间和那些在融资过程中认识的公司总裁交谈。毕竟他们和我一样，也要管理一个团队、规划公司发展、让短期问题和长期策略保持平衡并做出成绩。我总是希望可以学习更多这样的知识，让自己成为一个更出色的领导，也让学校更加出色。

有一次，我告诉一位总裁，我希望提高我们各个学校的教学质量，但他转移了讨论话题："比起你的表现，我对你们学校的价值观更感兴趣。因为价值观会决定一个人的表现。"他指出，我从未真正让自己的领导团队参与到价值观的讨论中。另一位总裁向我展示了他们公司的价值观和公司文化声明，并进行了详细说明。他把公司的价值观看成自己的价值观，甚至用这些价值观来反思自己每年在领导力上的缺点。他建议我也创作一份我们学校的价值观声明。我以前看过别的公司的价值观声明，但这些好像都只是做样子，仅仅是一份放在公司网站上吸引眼球的文件。明确陈述我们学校的价值观真的就能影响学校的教学效果吗？

又有一次，我和一位公司领导一起吃午餐，我问起他的管理理念，他说："管理的核心就是员工和文化，公司的表现完全取决于这两点。"

他详细解释说："首先你要雇佣你充分信任的员工来做这份工作，然后建立一种文化，让他们可以做到最好，就是这样。你要去赞赏和支持员工，清除一切障碍，他们才能全心全意为你工作。但这些道理你都明白。"

　　或许我是明白这些道理。在最初的商业计划中，我就提到过许多这样的道理，在学校开办的前五年，我们将其中一些内容执行得很好，比如给老师自主权、对老师的工作给予支持等，但还是有一些没有得到执行。

　　听了这些，我问了一个十分基本的问题，令场面有些尴尬。我问："你说的文化是什么意思呢？"

　　他解释说："文化就是员工在工作中的感觉是怎样的，也就是你怎么对待员工。我坚持'己所不欲，勿施于人'的原则，当员工对工作感觉良好、真正感到快乐的时候，他们就能做到最好。"

　　这听起来很简单，但这些话令我茅塞顿开。"当员工真正快乐的时候，他们就能做到最好"。文化就是"员工在工作中的感觉是怎样的"。

　　我自始至终都忽略了这一点。文化就是"员工在工作中的感觉是怎样的"。我一直依照自己的想法来领导大家，和大家分享我最好的想法，在我们对教育共同热情的基础上从知识层面上与他们交流。但我从来不了解每天我说的话和做的事给员工们什么感觉，也不了解他们的情绪对工作质量产生了怎样的影响。德鲁克早就说过"态度"是脑力劳动者生产力的决定因素，直到现在我才真正理解了这句话。

　　那天吃完午餐离开的时候，我很清楚应该怎么做了，也充满了信心。这次交谈引导我问了自己一系列关于员工和文化的问题：学校的每个重要岗位是否是由适当的人才任职？不是。我是否在对待员工的时候考虑到他们的感受了？我没有。我们的每所学校是否都有最理想的工作文化？没有。如何才能建立一种能让所有老师做到最好的文化？

我还不清楚。

但我现在很清楚一件事：如果我想提高学校的教学质量，首先应该提升自己。于是我根据那天午餐上领悟到的道理开始反思自己的领导。说得具体一点，就是反思学校文化，反思我在工作上给员工带来怎样的感觉。

首先，我意识到不能一味地追求完美。我不仅对于平庸的事物没有耐心，对于一切称不上出色的事物都没有耐心。想到自己对任务完成情况的看法，我从来都看不到自己已经取得的成绩，只在意哪些地方做得还不够好，要加以修正。这种态度对我自己来说并不消极，但反思之后我发觉这样总是关注没有做好的地方明显会让员工气馁。从某种程度上说，高标准和忧患意识很重要。在我们学校工作了很久的办公室主任马特曾说过："你对于卓越的不懈追求已经植根于我们学校了，正因为如此，我们学校才取得了这么多的好成绩。"但这种态度会给身边的人带来压力。这并不是说我就要降低标准，而是应该更有耐心，不要一味追求完美。

在办学早期，我还犯了一些错误，但其中最严重的一个错误就是我只对少数杰出的老师给予充分信任。杰出的老师很容易取得我的信任，我从来不用对数学老师尼克或阅读老师瑞贝卡进行什么微管理。但要全面了解并充分开发每位老师的潜力就比较难了，对于这一点，我并未做到。老师们赞赏我对于教育的各个方面的热情，但我应该更加注重激发他们的热情。虽然我授权老师们自主地做决定，但我总会先自己研究出最佳的方式并分享我了解的情况。这样做有时能帮助与我密切合作的员工，并让我们一起努力取得惊人的成绩，但我忽略了让员工完全自己想办法解决问题的重要性。我自己学到的最重要的知识都是通过亲自去做并吸取错误的教训学会的。老师们也应该拥有同样的机会。如果我当时给了他们这样的机会，早期加入学校的老师中应该有更多的老师会感到快乐并留下来。

我回想第四年在一次领导团队研讨活动中与尼克的对话，又领悟到了一个道理。在休息期间一个安静的瞬间，他问了我一个问题：我这样持续的努力工作是不是为了抑制失去乔尔的痛苦？我当时的回答是："不是，我从十二岁起就是个工作狂。"这是事实。但我自己也想过，如果我放慢工作节奏，是不是就会有时间让自己感觉到心中的愧疚。我一直觉得离开的那个人应该是我，而不是乔尔。他没能享受他的人生，我却能够享受，这对他来说不公平，所以我怎么可以心安理得地开心活着？我想起了瑞秋八岁时写的一首诗："生活原本如此多娇，奈何现在如此灰暗。"我意识到尼克的想法是对的。早在乔尔去世的时候，我的灵魂就已经枯竭，于是我压抑了自己的情感以生存下去。我早就失去了幽默感与快乐的感觉。而且在不知不觉中，让身边的其他人也变得不快乐。比如，开会的时候，我总是直接进入第一项议程，从来不会花几分钟时间去享受同事们的陪伴或向他们问好。

乔尔在生命的最后一年为我画了一幅画，我把它镶在相框里挂在办公室的墙上。旁边挂着我常阅读的埃斯库罗斯的一段话："经历过痛苦的人才会收获教训，那样的痛苦在睡梦中都挥之不去，一点点地痛在心上，就这样在绝望中、在不情愿中，承蒙上帝的恩典，我们收获了智慧。"如果我一直流露出这种牺牲和负罪的感觉，身边的每个人都会变得不开心，学校的文化也会消退。我必须重新找回自己，我要让自己幽默、快乐起来，这样身边的人也会更加幽默、快乐。

为什么我花了这么长时间才明白这些道理呢？

我们在每年6月末学校放假后，都会举办领导团队研讨活动。我决定，下次研讨活动的主题就是"员工和文化"。往年的主题一直是教学上的问题，比如学生的读写能力、学习标准。为了举办这次以文化为主题的研讨活动，我首先找到劳丽帮忙。劳丽在我们创办学校的第三年加入，任第二所初中的校长。我和她一起策划这次研讨活动：我负责创作学校文化和价值观声明的初稿，她负责做研讨活动日程安排。

她刚上任校长一职，我马上就发现她是位卓越的领导者，她具备激发每个人最好表现的完美天分。当时为了辅佐她管理我们的第二所中学，我让尤汉娜和瑞贝卡加入了她的团队，分别任教学主任和写作老师。她们都很喜欢和劳丽一起工作。

劳丽在处理与学生的关系上也拥有特殊的天分，让我们学校学生的表现进步到一个全新的水平。她的方法是将亲切、幽默与严厉完美结合，这一方法最终在整个学校得到广泛接受。她会跟学生开玩笑，同时还能让学生尊重并服从她。随着时间的推移，我越来越关注她的才能。那些我努力想要学会的能力对她仿佛是与生俱来的一样。这是我们第一次进行有关学校文化的领导团队研讨活动，我知道让她来做这次活动的计划再合适不过了。

6月29日，当大家到达位于纽约州北部的开会地点时，每个人都很愉快。当他们看到日程安排中加入了下午一点到三点的休息时间时，有一点惊讶。我在日程安排上写着："午睡、远足或其他。"以前，我从未在研讨活动中安排玩乐和放松的时间。

在第一场研讨会上，我让大家讨论了学校文化和价值观声明的草稿。大家花了一整天的时间讨论并修改声明中的每一项内容。

那天结束时，我们已经明确阐述了十三条反映学校志向、信念和对领导团队及老师的要求的价值观。

这可不仅仅是一张纸，很快，它就会成为我们学校文化的核心与灵魂。

附：学校文化与价值观
——哈莱姆乡村学校

团队文化

学生的利益高于一切。 把学生的需求放在首位，学生的幸福和成就是我们的第一要务。做一切决定的时候都要考虑怎样做才对学生最好。

集体利益高于个人利益。 作为一个团队，我们要互相帮助，更努力地为集体做贡献，而不能只顾自己出风头。和志同道合的人一起工作、共同追求更有意义的生活，这能让我们获得更大的成功。作为一个团队，大家要谦虚待人、忠于团队成员。

尊师重教。学校应该尊重、扶持、培养、信任并支持老师。大家最尊重的应该是教师，因为我们对终身的教育事业怀着崇高的敬意。我们要不知疲倦地尽可能以各种方式支持老师。

传播积极因素。我们要以积极的对话、态度和行动来相互激励。要远离消极因素。抱怨、傲慢、不和或流言都不会给我们的工作带来阳光。

让校园充满爱！我们可以通过善意的行为、支持或赞赏等多种方式来表达我们的爱。我们要聘用真心喜欢教育并能够和同事们保持亲密关系的人。

用心交流。在学校用心与他人交流，其中最重要的是要认真倾听。相互倾听与理解会带来许多好的结果。只要心怀善意，就会觉得身边的人都很善良，就可以克服分歧与困难。所以，让我们摘下耳机，不要只是发邮件，亲自走出去或通过电话与人交流。

要快乐工作。大家长时间一起工作，所以要让工作时间变得快乐起来。大家都是理想主义者，但过于努力的工作让我们忘了要偶尔给同事一些惊喜。

自主权文化

爱岗敬业。充满工作激情与动力。我们严肃且争分夺秒地为实现社会公平而努力，从不浪费一分一秒，即使在压力下，也能迅速适应并振作起来，因为我们的工作是神圣的天职。

对学生成绩负责。我们自豪地对学生的成绩负责。我们对孩子们负责，也相互负责。无论作为个人还是一个集体，我们都愿意承担这种责任。没有责备和借口，只看成绩和付出的努力。

不断提高。每个人每天都要对学校的事物进行不断改进。我们要为达到优秀而不懈努力，要拒绝平庸。大家都应积极主动并与同事分享看法。这是大家的学校，我们都有权而且应该努力让它成为最好的学校。

珍爱生命，远离官僚。学校的每个人都是企业家，不应为学校发展设置障碍，要尽量减少官僚主义之类的无稽之谈。一旦发现问题，要立即想出解决办法并马上执行。我们立志成为有职业道德、执行力强、工作能力强的员工。

学习文化

不断学习。要鞭策自己不断学习与成长。花时间和精力去支持自己和他人的发展。

　　校内研修是我们职业发展理念的核心。集体备课、相互观摩并分析他人的授课，然后一起改良教学策略，让学生的学习效果不断得到提升。大家总是会在一起讨论教学，这种知识活力随处可见！

　　我们的特点。激情、希望、爱、开心、团队、谦虚、领袖、精英、理想主义、善良、行动主义者……

　　谨防影响我们发展的因素。平庸、官僚、流言、狭隘、傲慢、不和、责备、抱怨、冷漠……

　　大家一起创作价值观的过程是一次了不起的经历，让我们彼此更加亲密。

　　通过这次活动，我们立即看到了文化与价值观在学校发展中会产生的帮助。它会让我们在招聘的时候更加明确应该招怎样的人；它让我们在培训和评估老师的时候对于我们的努力方向有共同的认识；它也会帮助我们成为更好的领导。

　　最重要的是，在这个过程中，我们每个人都深刻认识到了组织领导力的核心概念：只要管理好员工和文化，一切便将水到渠成。

　　第一天午餐后，大家都坐在开会的地方闲聊。尽管大家都很累了，但没有人想去睡觉。大家就这么聚在一起也很有意思。我对大家说，这个开会的地方让我想起了以前夏令营营地的古老建筑，又让我想起我们以前常常一起唱老情景喜剧里的主题曲，我们从《梦幻岛》和《布雷迪一家》的主题曲唱到我们最喜欢的《玛丽·泰勒·摩尔秀》的主题曲。我和玛丽一样，几乎对每一首主题曲都烂熟于心。曾是写作老师的玛丽最近刚刚升为教务主任。我们一开始唱就停不下来了。山姆和马特捂起耳朵说："够了，别唱了！"我和玛丽则回应说："别装了，你们其实很喜欢听我们唱的！太棒了！我们接着唱！"

我做夏令营辅导员时，很喜欢那些一起工作的人。我觉得那就是在一个优秀团队里工作的意义：和一群志在改变世界的聪明的理想主义者一起工作。我当时的梦想就是一直这样工作下去。

我对现在这些同事也有一样的感觉，我非常喜欢他们。能和这样一群才华横溢的人一起欢笑、共享友谊、彼此信任，共渡难关，同时得到知识上的激励，这种感觉就好像回到了当年在夏令营里我还是一个22岁的辅导员的时候。正如晚餐时一位同事说的："真为那些不属于我们团队的人感到遗憾啊。"

这次的领导团队研讨活动让我非常开心，但是我多年来一直害怕这个夏天的到来。因为这一年，我最小的女儿瑞秋就要去上大学了，现在三个孩子都不住在家里了，我也不想一个人待在那里。虽然偶尔有人约我出去，但住在郊区期间，我还没有找到让我特别有感觉的人。于是，我决定搬回纽约市。

孩子们都赞同这一决定。瑞秋甜美地说："妈妈，这对你来说太好了。你可以去参加讲座，也可以去上瑜伽课，也许能遇到喜欢的人呢。"查娃也同意瑞秋的看法，她说："妈妈，你那套理论根本行不通，说什么有人会自然地在你生活中出现。哪有这种事情？所以你要努力啦！"
我表面上赞同她的说法，但内心偷偷地还是在坚持"该出现的人总会
出现的"这一想法。再说，我太忙了，根本没时间考虑个人问题。

搬去市区是件激动人心的事，但是收拾东西和找房子是一项艰巨
的任务，加之我只有不到一个月的时间了，因为每年一次的暑期培训
就快开始了。于是，我决定7月4日也就是国庆日那个周末，去看房子，
因为那一天大家应该都去海边度假了。我上网找到了一个符合我的三
个标准的地方：安全、附近有健身房、离哈莱姆区较近。7月3日，我
和查娃一起开车去市区见房产经纪人，到7月5日的时候，我已经签下
一份为期三年的租约，再也不用每天往返于市区和郊区了。

孩子们都在打暑期工，周末的时候就帮我打包行李。家里有一大
堆东西要送出去，所以我叫了一辆卡车来运。即便是这样，我要从一
所大房子搬进一个单间，空间小了许多，所以有许多箱东西需要寄放
在我父母家的地下室里。我让孩子们仔细地在每个箱子上贴上标签，
以便以后方便找到需要的东西，但艾维没这么做。当我不耐烦地告诉
他"只管按我说的做"时，他表面上顺从了，但后来，我发现他在箱
子上贴的标签是"一些废物"和"另一些废物"。

搬家公司来的前一天，我在空荡荡的房子里走来走去。孩子们刚
开始上小学的时候，我们一家搬来了威斯彻斯特。我还清楚地记得他
们第一年上学时的任课老师：瑞秋的幼儿园老师图斯老师，教查娃的
莱恩老师以及教艾维的萨瓦斯老师。时间过得真快啊！

我透过厨房的窗子看到前面的车道，孩子们曾在那里雕南瓜、摆

柠檬汁小摊、帮乔尔修理他那台破旧的野马汽车。他们曾在后院搭建树房子、和艾维最好的朋友埃里克一起玩捉迷藏、和邻居小朋友们一起在秋天的落叶堆中跳跃。我会很想念每年春天那些樱桃树上开出的漂亮的粉色花朵。

　　搬家的那天早上，我在这个承载了三个孩子整个童年的小镇上醒来，傍晚的时候，我已经搬到了他们出生的市区。搬家让我疲惫不堪，但我急着整理东西，所以一到住处我就开始开箱子。到晚上九点，我头都痛了。查娃说："妈妈，你应该躺下了，我们会整理的。你已经忙了一天了，我去给你铺床。"她总是这么体贴。瑞秋整理好了整个厨房，艾维则把40箱书一本本摆上书架。

　　我们在客厅里放了一张特大号沙发床，是瑞贝卡推荐我买的，她在布鲁克林的新公寓里就放了一张这种床。晚上，瑞秋和查娃睡在沙发上，艾维则睡在地上的充气床上。沙发床打开的时候，我们四个都可以躺在上面，还可以放上爆米花和每个人的笔记本电脑。它太大了，我们把它称为"船"。我们一起躺在船上看几个小时的电影或阅读，虽然活动范围有限，但大家都非常开心。

　　离大学开学还有几周时间，孩子们享受着城市生活。瑞秋在中央公园跑步，查娃学起了高温瑜伽，艾维则开始冥想。瑞秋和查娃经常去逛苏豪区（纽约曼哈顿南部一个地区，以先锋派艺术、电影、音乐与时装款式等著称），有时也会和艾维一起在巴诺书店待着。艾维几乎每天晚上都在巴诺书店里看书、写东西、喝茶，直到书店关门。

　　8月的一个周日下午，我开车去位于纽约州北部的夏令营营地旧址去出席一个特别的聚会：大家为向梅尔·赖斯费尔德老师表达敬意而举办的聚会。当我走在这片伴随我成长、承载了我生命中美好时光的营地上时，心中百感交集，既高兴又向往。

我的朋友罗尼、斯蒂夫和我分别致辞，表达对梅尔老师几十年来为教育事业服务的敬意。罗尼说："跟着梅尔老师学习对我们大多数人来说是人生中第一次特殊的经历。他会说一些话来启发我们，让教学内容变得有趣。他把每一群孩子都当成他的第一批学生来教，我们后来才发现，原来他对我们每个人都说我们是他最喜爱的学生。"

宾夕法尼亚大学的一位教授说："我已经执教四十年了，但我对从梅尔老师那里获取的知识依然记忆犹新。他教育了许多教育家。"

斯蒂夫称梅尔老师为"风云人物"，还带领大家一起唱了一首他为梅尔老师写的歌。

轮到我的时候，我看看台下，看到梅尔老师坐在那里，眼睛里依然泛着当年的光芒。我说："梅尔老师让我们对学习充满了热情，也热切渴望改变世界。请允许我代表全体学生对您说'梅尔老师，谢谢您！我们永远也无法报答您为我们做的一切'。"

我们说完后，梅尔老师站起来，从口袋里掏出一张小纸片。他看了看纸片，又看看我们，说："孩子们，我都快哭了。但我以前讲话从未用过讲稿，所以今天也不用了！"他把那张纸又折起来放回口袋里，大家都鼓掌欢呼。然后他看着大家，说："教育是我的使命，我从事了55年的教育，现在你们将学习、关爱与社会行动主义继承下去了。"梅尔老师让我们环顾营地。我看了看周围的一切：正是在那个食堂里，我与凯伦长谈了几个小时；和萨拉一起在营里做辅导员时，正是在那棵苹果树下，我们一起安排五年级的课程；正是在那间小棚屋里，乔恩曾和他的朋友半夜用卫生纸把自己缠起来；正是在那栋员工宿舍里，我逃课听斯蒂夫弹了一整晚吉他。在这里，我结交了终生的好朋友，也是在这里，我学会了不墨守成规、做一个行动主义者。梅尔老师接着说："这里的每一棵树、每个地方都能让大家想起我们一起冒过的险。我的冒险已经长达半个世纪，我喜欢这种冒险，我爱着你们所有人。"

仿佛这样的一个下午还不够让我激动，接下来这一周三个孩子就要去大学了。查娃第一个离开，看到她离开，我哭了，大家其实一早就知道我会哭。艾维说："妈妈，别难过，反正她很烦人。"不久后，艾维也要走了。最后轮到最小的孩子瑞秋。我帮她打包好行李并搬到她的新生宿舍里，她建议说："妈妈，你需要另一个孩子了，你去领养一个孩子吧。"实际上，我们在筹备新开一所小学，所以不久我就会有许多孩子了。

回纽约的途中，我知道自己会难过，但不知道会有多难过，也不知道会难过多久。我就要回到那个安静的房间，21年来，家里第一次空了。

电梯门打开了，我沿着走廊走向新房间，打开门，走进去，径直走到窗前。我看着窗外城市的天空，竟然感到很开心。我兴奋地期待着以后的日子，期待着未来重要的工作和我的新生活。

第 14 章

橡皮擦事件

Scenes from a Revolution

我一直在思考别人给我的那个建议：只要管理好员工和文化，自然就能出成绩。学校文化已经成为我的第一要务，不知不觉中，我和学校校长们一起花了大量时间来讨论如何建立学校文化。我还召集大家进行了一次研讨活动，专门讨论各种能让老师们开心的办法。我还与各个年级的领导会面，思考如何通过重视文化建设来改进学校。我们开始与老师们明确地讨论价值观。

我曾在商业计划中写道："许多组织中的大多数员工身上其实隐藏着强大的才能和潜力，但这些组织不知道如何激发员工的才能和潜力。"过了这么多年，我们终于得以激发老师们的能力。自从我们明白如何建立一种文化，去激发每位老师的激情和最佳表现后，老师们都展现出了最好的一面。

而我们的学校文化归根结底就是三个方面：团队合作、不断学习和自主权。

一个星期三的上午10点，贾斯汀刚上完历史课。他是一位经验丰富的八年级老师。在走廊上往办公室走的时候，他透过窗户朝一些教室里看了看，看看有没有新来的老师需要帮助。

刚开始的几间教室都还好，但当他走到"罗格斯"的教室时，突然停了下来。教室里的新老师简一转过身去，就有一位学生朝教室前面扔了一块橡皮。橡皮落地时，贾斯汀发现地上还散落着大约十块橡皮。他明白要尽快找人来帮助简，所以跑回办公室找校长丽萨。丽萨正在和阿瑞拉老师交谈，贾斯汀迅速向她们反映了简教室里发生的事。阿瑞拉马上问大家："有谁现在可以去帮忙吗？"老师们都是刚刚下课回到办公室来准备下节课的内容，尽管这样，所有的九位老师都站起来，一起走向了"罗格斯"教室。他们就像走廊上的一堵人墙。丽萨说："就像一部超级英雄大片，奇妙的是，尽管大家都还不清楚具体问题是什么，他们都想帮忙。"

突然，学生们惊讶地发现十四位大人走进来，站在教室周围。

教学主任阿朱站在教室前面问道："谁知道这些扔掉的橡皮擦是怎么回事？"

全体学生都慢慢地举起手。

她静静地站在那里，让学生们看到她失望的表情，然后说："扔了橡皮擦的同学举手。"有一半以上的学生都举起了手。

她问："为什么要这么做？为什么没有人出来阻止大家？"教室里鸦雀无声。

她又问："有没有人有话要说？"在大人们的注视下，学生们依旧沉默。阿朱对大家说："现在地上到处都是橡皮，我们花了那么多时间来装饰教室、让教室保持整洁，就是想给你们一个好的环境，你们现在把这里弄得一团糟！"

一位女生举手说："老师，我想道歉。"她紧张地顿了一下，说："我们错了。"她说话的时候，还有三位学生也低下了头。

贾斯汀走到教室前面，问道："那现在怎么办？"

一位男生说："我们会把教室打扫干净的。"另一位男生提议每位同学给老师写一封道歉信。

教室最后面一位女生举起了手。贾斯汀点她说话的时候，其他同学都看着她。她说："老师，对不起，我们失去了你们的信任。"

简因此而备受鼓舞。她说："我不善于课堂管理，但没有人指责我，大家都在支持我，我现在充满了动力。"

老师之间的相互支持是我们团队文化的核心。但我们的文化远不止这个：我们的团队文化最深层次的要求是他人利益高于自我利益，以学生的需求为首。这就像家人之间那种无条件的爱，当你以他人需求为首时，你会获得更多。

我们的这种团队文化最终也影响了学生，因为孩子们最容易从身边大人的事例中获得启发。一位来校参观者评价我们学校说，他从未看到一所中学的学生之间那么友爱融洽。一位特殊教育的老师也说："我认为这是因为学生们都知道大家相亲相爱。"

我们的团队文化还包括快乐。我们会聚在一起看周末足球赛、一起度过周五快乐时光。我们的新校长山姆收到过一个装在泡沫包装里的包裹，他当时就决定充分利用这些泡沫。他用它们包装了一位老师的桌子、椅子、电脑和键盘，这件事令我们终身难忘。

而且作为一个团队，最重要的就是要相互理解，不要传播流言蜚语，要从最好的方面去理解他人。我们非常重视"己所不欲，勿施于人"。

　　我从劳丽那里学到，要建立一种团队文化，首先应该了解每个人都对什么比较有热情，然后给每个人表现的机会。有的老师可能很擅长与家长交流，有的擅长对课程进行科学的安排，有的则擅长激励成绩较差的学生。当每位老师都在自己擅长的方面尽其所能时，就会产生不可思议的结果，整个团队就会达到一加一大于二的效果。

　　随着时间的推移，当大家看到文化对学校发展所起到的作用时，就明白了要好好保护这种文化。的确，只要有一个人漠视大家认同的价值观，学校的文化就会受到威胁。有的时候，我们只能选择分道扬镳。我们曾经聘用过一位老师，她能让学生考出很好的成绩，但她并不接受我们价值观中认为所有孩子都能够学好的说法。她甚至叫一些学生别去参加会考了，说他们即使考了也不会及格。她这种态度让一些同事很愤怒，影响了团队关系。最后我们只能将她解雇，但还是给她预留了足够的时间找另一份工作。那件事给我们一个教训：团队中即使有一个人不认可我们的价值观，就会伤害到整个团队。

　　文化是一个极脆弱的生态系统。如果我们没有招聘和解聘的自主权，就不可能培养积极的文化。领导团队理应在员工队伍建设上有绝对的自由，必须招聘那些认同学校文化且愿意相互支持的员工。

　　也许我们团队文化中最重要的一点就是成员之间的相互联结，大家一起致力于一个比个人利益更加伟大的事业，从而形成了每位成员之间强大的纽带。

　　我们学校的许多老师在来到哈莱姆乡村学校之前都任职于传统的城市公立学校，彼得就是其中之一。在公立学校，彼得只能通过学校偶尔举办的一些师资培训班来发展自己的专业技能。他说："这些培训班有一定作用，但无法从根本上提高我的教学质量。"

他来哈莱姆乡村学校时，了解到我们的专业发展方法与原来的学校彻底不同。实际上，这种方法太与众不同了，以至于他听说的时候是持怀疑态度的。

我们的专业发展方法是基于日本校内研修的做法，即老师们积极协作以不断改进学校的各个方面。课例研究是校内研修的形式之一。在课例研究中，老师们一起备课，相互听课并分析教学效果，然后对教学进行改进，并按改进后的设计再教一次。

彼得承认说："我当时并不明白为什么要花整个学年的时间与其他四位数学老师一起反复研究一堂课。"但他还是决定试一试。

彼得所在的教学小组的研究主题是：教会学生独立地解决数学问题。然后他们又确定了具体的课程目标：学生们要学会如何将二项式相乘。彼得说："我当时坐在那儿，心想我已经知道怎么教这个了。"但没过多久，他就发现，每位老师都采用了不同的教学方法。不仅如此，大家对课程进行了相当详细的讨论，这个过程"让我明白了如何提高自己的教学，我以前总是不知道怎么提高"。彼得和其他数学老师经常见面讨论这堂课怎么上。

经过多次讨论后，3月份时，彼得第一次在有六位老师听课的情况下上了这堂课。彼得说："我当时非常紧张，那堂课教得并不好。"当天下午，他们小组的老师聚到一起回顾听课的老师们提出的反馈意见，并对课程进行了修改。

一个月后，彼得按照修改过的内容将课程又教了一遍，这一次有校内外二十位老师听课，并提出了反馈意见。

彼得说："这种课例研究彻底改变了我自己的教学方式。我以前都是直接教给学生一些数学公式，有的学生能理解，有的则不能理解。现在，我在教学中会让学生自己去认识数学概念，并对其进行深刻的理解，他们在理解的基础上都可以自己发明数学公式了。"

彼得的所有学生在州立考试中成绩都达到了良好，他们甚至说州立考试的内容比课堂上的内容简单得多。我就这样眼见着彼得成了一名明星教师。现在，他精湛的教学让我回想起第一次见到瑞贝卡和尼克时他们的精彩课堂。唯一不同的是，那时我以为这是一种与生俱来的能力，但事实并非如此。瑞贝卡说："我以前完全不知道怎么教孩子们阅读。我的教学中错漏百出，没有什么实质内容。"尼克也说过类似的话："我和学生关系很好，会一直给他们学习任务，但我的教学算不上好，我也不知道自己在干什么。"

他们俩都坚持每周花几个小时来学习和提高自己，经过多年努力后，才成为明星教师。尼克参加了一个每周课例研究小组。瑞贝卡则加入了读写研究小组，和同事们一起分析她自己的课堂录像。多年来，他们阅读和讨论专业文献，也得到了资深教师的指导。而且他们都告诉我，在他们专业发展过程中最重要的部分就是他们对课程设计投入的时间与精力。瑞贝卡说："老师必须为每一堂课设计一种专门的教学方法，才能成为一位优秀的教师。"

在大人的工作环境中，学习的文化不仅仅是"培训"，而是一群作为专业人员的脑力劳动者得到授权并受到激励而不断地学习、发展。

在这样的环境下，老师们渐渐明白最好的学习方式就是亲自去做、犯错误并在协作帮助下改进自己的做法。这是一种良性循环：在课程的改进中，老师们自身也得到了提高，两者相互制约也相互促进。

2004年6月一个炎热的周六，我带着三个孩子去扬克斯市的莫德尔体育用品商店。他们为参加夏令营买新运动鞋。我们下楼去鞋品区时，遇到了斯旺森夫人。她的儿子埃曼纽尔五年级留级了。埃曼纽尔是我们学校最可爱的男生之一，也是阅读水平最差的学生之一。他来我们学校读五年级时，阅读水平和幼儿园小孩儿差不多，尽管经过一年的学习，已经进步到二年级阅读水平了，但他还需要重读一年来提高阅读能力。

我向斯旺森夫人打了个招呼，聊了起来。聊了不到几分钟，她告诉我她打算让埃曼纽尔退出我们学校。我很喜欢埃曼纽尔，老师们也都很喜欢他，我们都舍不得他离开，是的，无论如何我们都舍不得学校里任何一个孩子离开。我试着说服斯旺森夫人让埃曼纽尔留下来。我向她解释说，虽然附近的学校会让他升到六年级，但我们学校绝对比那些学校好。她很有礼貌，但并没有被我打动。过了一会儿，我的孩子都不耐烦了，他们小声跟我说："妈妈，我们真的想走了。"

我后来再也没有见过埃曼纽尔了，太令人心碎了！

不幸的是，这样的事时有发生。我们还要花几年时间想办法让这些成绩较差的学生不放弃学习。

我们因为种种原因失去了各种孩子：学校第一位在大会上致辞的

优秀学生搬去了佛罗里达；一位才华横溢的小提琴演奏者转去了一所离她家更近、她更喜欢的学校；还有一些男生去了有更完善的体育项目的学校。但我们学校最大的问题还是不断地有成绩不好的学生放弃。

在我们想到预防更多学生退学的方法之前，尤琳达也退学了。她各科成绩都很差，尤其是数学。她的同学只需要三周就可以掌握加法，她却花了三个月的时间。到感恩节的时候，大多数五年级学生已经掌握了基本的数学运算——加、减、乘、除，但尤琳达花了一整年的时间才掌握这些基础知识。6月的期末考试中，尤琳达所有科目都不及格，数学只考了40分。老师们一致认为：尤琳达必须重读一年。她和埃曼纽尔一样，如果我们不让她留级，到六年级她就会继续不及格。

尤琳达的老师怀疑她有学习障碍，但她妈妈不让我们对她的学习能力进行鉴定，她觉得"特殊教育"这个名称就是一种耻辱。讽刺的是，在其他很多情况下，我们都认为那些学生被错误地当成了特殊教育的对象，设法帮这些学生摘下这个标签。虽然学校没有指派老师辅导尤琳达，但老师们都自发地去辅导她。

一位老师说："我去她家里辅导她三次了。"另一位老师说："我每天午饭时间都会辅导她。"虽然大家都在努力，她的主要科目还是没有及格，要重读一年。但她妈妈固执地拒绝让她留级，最后让她退学了。我们也没有办法。

山姆和他领导的那所学校的老师们给自己定下了第二年的目标：不要再出现与尤琳达类似的事件。不久后，老师们想出了一个计划。当我看到他们执行计划的时候，被深深打动了。老师们并不觉得自己是在解决学校的退学问题，我从未听到他们提及退学率的数据统计，他们完全是发自内心地觉得应该帮助这些孩子，让孩子们留在学校，由我们来长期教育他们。那些老师很喜欢尤琳达，就像我喜欢埃曼纽尔一样，他们知道对一个孩子来说，留在我们学校会改变他的一生。

老师们的办法就是改进课外辅导方式、学生行为制度以及与家长沟通的方式等。以前，家长们只会在上一学期结束后才听说"孩子要留级"这个坏消息，一听说这个消息，他们宁可选择退学，也不让孩子留级。经过老师们的改进，学校会提前与家长沟通这个问题："你的孩子入学的时候，只有一年级的水平，我们会不惜一切努力帮助他迎头赶上，但我们不可能在短短一年就让他提高五个年级的水平，我们需要两年时间。"然后山姆和教学主任们会明确告诉学生："你很聪明，只是之前那所学校没有让你学到应有的知识。"经过对这一问题的提前说明，事情有了转变。

最终是什么方法让我们学生的退学率有了大幅下降呢？就是老师们拥有充分的自主权。数学老师斯蒂夫后来对我说："我们不需要做什么提案，并花一个星期时间等着提案通过。我们只要想到帮助学生的方法就可以立刻实施。"

自主权文化让老师们可以做到最好。我们在每一层面上都信任老师们的决定：无论是培训中、年级会议上还是个人私下里的决定。学校给他们设计和选择课程的自由，也让他们自由选择专业发展的方式。大家也明白，享受信任同时就要承担起责任——对教学效果负责。

我们兑现了这种自主权文化，它的作用也相当明显。

　　斯蒂夫说，如果老师们不能快速、有效地解决问题的话，今年至少有十二名学生不能及格。他说："我们只要有了想法就可以执行，因为我们知道它是符合学校价值观的。"

　　七年级的阅读老师大卫说学校的自主权文化激发了他的教学热情。他说："能得到学校的信任和授权，我非常兴奋。这让我觉得自己可以成为梦想中的那种老师：幽默、有趣、创新、有活力。"

　　我开始感到一场由老师们自己领导的教学改革正在蓄势待发。

第 15 章

快乐的力量最大

Be the Culture

文化就是一个地方的氛围以及它给人们的感觉。

经过许多校内外的讨论后，我已经开始理解文化的重要性：文化能决定员工的表现。

好的文化能激发每个人最大的潜力，杰出的文化还可以改变人们的生活。

不论在非正式场合还是正式的意见反馈会上，我们总是会问老师们：学校怎样可以让你们开心？大部分老师很感谢学校在这方面的努力，只要他们提出意见，我们就尽力去做到。老师们都明白我们真的很在乎他们。

一天，我收到六年级写作老师利兹发来的一封邮件。邮件的内容充满了正能量。邮件开头这样写道："我一直在想……"我和利兹在这一年总是私下里聊起文化。现在她有一个想法要跟我分享，于是我们决定约在暑假的一天一起吃个午饭。我们点了沙拉，然后我说："我很想知道怎样才能完全实现我一直追寻的理想工作环境，我确信这一目标是可以实现的。"利兹和我的想法一样。

她后来说的话彻底颠覆了我对学校文化的看法。

利兹问我："你为什么把营造良好的学校文化当成自己的责任呢？

大家都知道你非常尊重老师们。当你说希望老师们开心、享有自主权的时候，大家都知道你真心这么想。但你总是问老师们你这个学校总裁和校长们还能为我们做些什么，这样让老师们很被动，我们只能被动地去接受这种文化。我认为每位老师都应该参与到创造学校的文化中来。"

我当时恍然大悟。

我的确在课程及教学上给老师们自主权了，但说起文化，我根本没想到这一点。我一直认为文化是由领导们建立的，所以这几年来我只和校长和教学主管们讨论文化。虽然我们在这一点上已经取得了重大进步，但利兹的建议涉及了更深层次的文化，而且这可能会带来深远的结果。没错，我们应该让老师们拥有建立学校文化的自主权。

于是我和利兹打电话给贾森、阿朱和其他一些在市区的老师，安排在7月的晚些时候见个面。我与他们分享了最近几年我的所有想法——我觉得工作文化可以激发员工最好的表现，所以学校当时才会建立自己的价值观。

大家开始畅所欲言。一位老师建议我们在即将举办的暑期培训中以文化为主题。另一位老师提议学校的老员工应该想个方式来欢迎新老师们，同时也可以向新老师们介绍我们学校的价值观和文化。

听到大家的提议，我突然觉得在今年最重要的这次讨论会上，应该由老师们来负责安排最重要的那一天。于是我提出了一个新的想法：这次暑期培训的开幕日不再由我的领导团队来策划，我问老师们谁愿意策划这次会议的议程，大家都跃跃欲试。

　　那天晚上，我拿出学校的价值观声明，坐在地上，靠着沙发，笔记本电脑放在枕头上，凝视着书架。我想着老师们如果把自己看作学校文化的主人，那该多么奇妙啊！

　　坐在那里，突然，一本书吸引了我：是甘地的经典自传《我体验真理的故事》。我想起了他的名言：如果你想要这个世界有所改变，那么请先让自己改变。

　　改变自己。我受到启发，想到我们应该成为文化。这让我想起在教师学院的时候我在第一篇论文中写的话："教育的最高形式应该是向学生传达信息。"我又思考了利兹说的话：传递快乐不应该是我个人的责任。应该由所有人——老师和领导们一起——来建立我们乐于工作与生活的集体。要想建立我们理想中的学校文化，每个人都应该成为文化的一部分，我们都应该成为文化。

　　我打开电脑里《文化与价值观》这个文档，开始写第二页。我打得飞快：

　　我们应该成为文化。我们是什么样的人，学校就有什么样的文化。所以的思想和言行都要与学校的价值观一致。我们的思想和言行共同组成了学校文化——我们每天生活与工作的环境。我们要支持并参与到学校的文化建设中，因为正是学校文化培养了我们，也正是学校文化让我们成为最好的自己。领导力的关键是价值观的统一而不是领导技巧，是对孩子们及他们的家庭的发自内心的爱、对老师发自内心的尊敬。你是什么样的人就会如何领导别人，这是无法伪装的。领导者代表了学校的价值观，所以领导者对学校的发展具有十分重要的影响力。

我又想到了利兹的观点，最后加上一行："我们都是学校的领导者。"

在后来的见面中，我与老师们分享了我写的这些内容。老师们以学校的价值观和我们最新引入的"成为文化"的概念为基础，策划了暑期培训班的日程安排。那一天的内容都将朝着"老师们自主决定我们的工作文化"这一观点进行。

又到了8月1日，今年将由老师们第一次负责安排暑期培训，这令我十分兴奋。

他们让我把开幕词的重点放在一个问题上：我们为什么要讨论文化与价值观？

我在开幕词一开始就说：我知道至少有三股强大的力量会对我们的文化形成挑战，这些挑战决定我们必须对文化加以讨论。

第一个挑战是：大多数老师来自传统的公立学校教学系统，教师工会的规则、官僚制度及消极态度主宰了那个系统的工作文化。这就导致教师缺乏信任，也无法达到个人问责制和团队合作。大家来到哈莱姆乡村学校就是为了逃离那种工作态度，但那种默认的文化依然会起强大的作用。尤其是在寒冷、白天较短的冬天，我们极易受这种消极、无责任制的默认模式的影响。打个比方，如果大家天天都做仰卧起坐，就会变强壮，但如果不做了，最终又会回到虚弱的状态。为了防止退回那种消极的文化，大家要坚持向积极的方向努力。

我们付出了沉重的代价，才得以了解第二个对学校文化的挑战：消极的影响与人数是不成比例的。比如说，25个人当中，22个人都很积极，只有三个人说同事的闲话、抱怨或者不努力工作，大家也许认为积极性会战胜消极性，可是人类的天性和群体动力学就是这么有意思：消极性会成为主导，而且消极性会像病毒一样传染。有负能量的人通常不会自己消化这些负能量，而会把它表达出来。我说这些的时候，老师们会意地互相看了看。

最后，关于第三个挑战，我这样说道："今天是暑期培训班的第一天，所以大家都很轻松、快乐。如果说暑期培训是蜜月期，那开学以后的日子就是婚姻。尽管我们相互关爱、关爱学生、信仰教育事业，随着时间的推移，工作也会变得越来越难，我们早晚会被压力压得喘不过气，那种长期的挫败感会让我们极易被消极文化影响。"

我接着说："今天，我们将讨论如何战胜这三大挑战，如何坚持我们的文化、坚持做自己，让我们工作得开心并收获丰富的教学成果。"

我说："要做到这一点只有一个办法。这个夏天，老师们让我明白，文化不应该是上传下达，而应该由大家一起建立我们想要的文化。不是文化成就了我们，而是我们每个人成就了文化。老师们告诉我，我们每个人都是文化的体现，每个人都有权利拥有文化，我们要成为文化。"

整个房间充满了正能量。这是一次彻底的思维变革，大家都对这一话题很感兴趣，渴望将它实现。只要我们培养文化，文化就会滋养我们。

这次会议的议程包括：对那些体现学校价值观的同事进行褒奖、让老师们写下对学校文化的个人看法、滑稽短剧表演并让全体老师提出应对这些挑战的方法。

老师们对全天内容的安排旨在帮助大家了解学校的价值观，从而明确我们每个人如何对学校文化的建立做出贡献、如何得到学校文化的滋养。那次暑期培训班是哈莱姆乡村学校史上举办的最成功的一次。

那次培训让许多老师开始思考自己的经历。米歇尔在来到哈莱姆乡村学校前，曾在几个街区外的一所公立学校工作了五年。

她说："我自认为自己是位不错的老师，但没有人帮助我，我得不到任何支持。如果有学生往墙上扔瓶子，校长只会坐视不理，或者叫我开除那个学生，从来就不会想办法解决问题。原来那所学校让我心力交瘁，我终于明白为什么那么多有才干的人都离开了教学岗位。我得承认，后来我并没有在课程上尽全力了，最后我意识到：这样不行啊，我怎么能这样浑浑噩噩地过三十年呢？于是，我打算转行，但内心又很喜欢当老师，所以这个决定让我很受打击。我也不知道该怎么办。为什么一旦在公立学校工作就无法进步了？我真希望情况不是这样的。当我来到哈莱姆乡村学校时，和老师们的对话让我发现，他们和我有同样的经历。我们都想成为优秀的老师，最后却都失望地看着梦想破灭。但我在这里看到了教育事业的希望，这让我心驰神往。我还是原来的我，学生还是那么多，甚至有些学生就是我在原来的学校教的学生。这里的文化让我可以做自己，我感觉受到尊重，领导会听取我们的心声，我备受鼓舞，一心想把课上得更好。到这所学校来工作不仅让我成为一名更好的老师，也让我成为一个更健全的人。那些失去的东西又失而复得：我的自信、志向、对教学的热爱。这种文化让我想成为更好的老师、更好的人。这所学校拯救了我的命运，让我找回了快乐与平静。"

前些年，我一直觉得我们学校离设定的雄心勃勃的文化与价值观还有很远距离。

但今年，我不再有这样的感觉。环顾整个培训班、听取老师们的想法，我感觉大家一起经历了一些神圣的东西。

第 16 章

追求卓越

Born to Rise

我站在库柏联合学院的大会堂舞台上，这是2011年6月25日，距离当年第一所学校开学的那个下雨的清晨已经过去7年零293天零4小时。这是个具有历史意义的会堂，亚伯拉罕·林肯、苏珊·安东尼、斐德立克·道格拉斯等一些伟大的美国领袖都曾在这里表达自己对国家的梦想。我周围是一群穿戴着毕业袍和毕业帽的学生，他们是哈莱姆乡村学校的第一届毕业班，他们就是那些梦想的鲜活化身。

我环顾四周，看到一张张熟悉的脸，这些哈莱姆乡村学校大家庭里的父母、祖父母、兄弟姐妹们都开心地笑着，新教师、老教师、董事会成员都开心地笑着，我自己的三个孩子也开心地笑着，尼克、尤汉娜、安德鲁和瑞贝卡也都很开心。经过在场的所有人的共同努力，我们做了一件大事，大家被这种强大的自豪感联结在一起。大家都因为一个原因而出现在这里：这些孩子们。

我走向讲台欢迎到场的观众，同时为我校的第一届毕业生致辞。我说："现在，我们站在这具有历史意义的大会堂里，我们是站在巨人的肩膀上，正是由于前辈的努力，我们今天才会站在这里。我们大家能够聚在一起只因为我们爱你们，我们相信你们，我们相信所有人都有进步的潜力并能够做得更好。"

我看着这些孩子：卡里姆、布兰登、贾丝明、维多利亚以及台上所有的学生——我的孩子们。他们都要离开学校去上大学了。

"你们就要离开我，去开始新的旅程，去大学过独立的生活，我现在想对你们说一句话，在我自己的孩子高中毕业去上大学的时候，我也对他们说过同样的话……"我停顿了一下，然后说："请不要走！"

大家都笑了。在这些孩子生活的环境里，只有8%的同龄人得以被大学录取，而这些孩子们克服了巨大的挑战、不断进步，最终得以被大学录取，我为他们感到骄傲、兴奋。

我接着说："我多希望可以告诉大家：从此刻开始，一切都很简单了，往后的生活将会一帆风顺。但事实是：你们还会遇到困难，也许是一周后，也许是一年后，但我向大家保证：我们会一直支持你们，今天，并不是高中的结束，从今天起，你们有了一个新的身份——哈莱姆乡村学校的第一届校友。"顿时，人群发出雷鸣般的掌声。

后来，我又跟学生和观众们分享了维克多·弗兰克在《活出意义来》一书中写下的句子："我们想从人生中获得什么并不重要，重要的是人生对我们的期待。"我告诉大家正是这句话激励了我，最终让我创办了学校。我希望在以后的日子里，当他们不可避免地面临一些挑战的时候，这个思想能让他们振奋起来。我说："我现在告诉你们，人生希望你们有所作为，我们都希望你们有所作为。"我一直觉得这些学生是有能力、坚强的年轻领袖，可以用自己的人生做一些有意义的事，我希望他们也这么看待自己。

最后，我与这些毕业生分享了在我自己的孩子成长过程中，我一直灌输给他们的一个观点："你们已经得到了许多，我们希望你们也能付出，我们爱你们。"

学校董事会主席爱德华·刘易斯和美国最成功的非裔美籍商业领袖之一是这次毕业典礼的演讲嘉宾。爱德华在演讲中说："知道我的家庭背景的人都对我不抱什么期待。"在和爱德华的多次交谈中，我了解了他非凡的人生经历。他的妈妈当过女仆、美容师、交通协管、工厂工人，他爸爸曾是个门卫。他妈妈小时候曾在弗吉尼亚州的烟草地里干活，而他妈妈的外婆曾是个奴隶。爱德华在纽约长大，曾就读于布朗克斯的公立学校。

爱德华后来考上了新墨西哥大学，学校共有8000名学生，只有12名非裔美籍学生，爱德华就是这12名学生之一。毕业后，他在银行业做过一段时间，但他最想做的还是创办自己的公司。1968年，他与其他三名年轻人一起为非裔美籍女士创办了《本质》杂志。

一开始，生意很难做。其他公司的领导都说他们不会在一本为黑人女性创办的杂志上做广告，因为那样的话，白人女性可能就不想买他们的产品了。后来的几十年里，爱德华带领公司克服了社会偏见和挑战，最终，在他的领导下，《本质》杂志拥有了八百万读者，成为美国最大的非裔美籍人的传媒公司之一。

著名的音乐家、哈莱姆乡村学校的董事会成员约翰·勒珍德也发表了讲话。约翰曾就读于公立学校，他说自己享受了教育上的公平，因为他接受了优质的教育，但他的许多朋友就没有这么幸运了。为了纪念我们学校的第一届毕业班，他为我们学校写了一首校歌，歌曲内容完美地体现了我们共同的信仰：所有的孩子，而非少数享受特权的孩子，都能成为伟大的人。约翰激励人心的话打动了所有人。

全体学生一起合唱了我们的新校歌，他们甜美的声音在大会堂内外回荡。

> 植根于哈莱姆的土地
> 我们向广阔的天空生长
> 我们是希望与爱
> 优秀与自豪的种子
>
> 我们看到光明，我们听到召唤
> 那更远大的梦想在召唤我们
> 我们渴望得到命运的奖赏
> 永不言败
>
> 我们生长，我们生长
> 向着远大的目标生长
> 我们生长，我们生长，
> 张开双臂拥抱天空
>
> 在每个孩子的内心
> 每颗心灵深处
> 都渴望触碰云彩
> 我们要追求卓越
>
> 我们生长，我们生长

向着远大的目标生长

我们生长，我们生长

我们要追求卓越

八年前的6月，我的儿子初中毕业。看着他拿到毕业证书，我希望他明白自己是多么荣幸，我希望他能好好利用自己的人生。当时，我就梦想着把这种价值观灌输给我即将要开办的学校里的学生。看着自己的儿子毕业，我勾勒着哈莱姆学校的毕业典礼。现在我的梦想实现了，我和儿子、两个女儿、所有老师、这个大家庭的成员以及学校的支持者们一起站在哈莱姆乡村学校的毕业典礼上。

听到学生唱着我们的新校歌，我对歌词里的话充满敬意："我们生长，我们生长，我们要追求卓越。"

第二天晚上大家一起聚餐的时候，毕业生们依然很兴奋，每个人都憧憬着大学生活，但大部分学生承认，要开始独立生活了，还是有些紧张的。尤金说："大家一起生活学习了八年，像个小家庭一样，我还是有些害怕要离开。"维多利亚也表示同意："我也害怕，许多同学都害怕。每天早上来上学，我就感觉是来到了自己的第二个家，我需要帮助的时候，老师们就会立刻放下手头的工作来帮我。大学里应该不会这样了，我好紧张啊。"我特别能理解他们的感觉。我告诉他们："我们是个家庭，这就意味着我们会随时在这里支持你们，你们这些孩子以为可以这么容易就甩掉我吗？你们感恩节的时候最好回来看看哦！"

学校很快成立了校友会，一些学生自愿负责校友会工作，记录同学们的电子邮箱和电话号码。他们大喊着："通知通知！"德斯蒂妮说：

"哈莱姆乡村学校第一届校友会正式成立了。我们会在脸谱网上通知大家第一次聚会的相关事宜。"

我尽力和每位学生交谈。我小声对维多利亚说，她妈妈如果看到她现在的样子，肯定为她感到骄傲。她听后问我："肯尼博士，你怎么知道呢？"我说："因为我的妈妈在去世之前就在医院里对我说：'你会比我和你外婆都出色很多。现在这所学校就像你的家一样，你的未来不可限量。'她还说我能被选入这所学校多亏了上帝保佑。"

维多利亚的母亲在去世之前曾对我说："公办学校教育体系几乎让我对我女儿的未来不抱任何希望了，真的！"现在，维多利亚就要上大学了，她的妈妈虽然没看到这一天，但她女儿正在创造自己美好的未来。

大家一起提起了开学第一天的情景——9月的那个大雨天。那一天，我筋疲力尽，但也十分兴奋，孩子们当时还只是五年级的小朋友，对这所学校充满了陌生感与好奇感。凯拉说："我当时对学校的规定特别不满意，不过算了！"

凯拉又说："噢，我想起来了，那天我见到肯尼博士的时候，她站在台阶上，不停地说：'你好！早上好！你今天好吗？你叫什么名字呀？'我当时就想，这个女人为什么要问我问题？"其他孩子听了都捧腹大笑。

卡里姆说："你们记得每周五的留校处罚吗？我每周都会受到处罚，没有一周没有被留校的。"他一边说一边笑了起来。尤金说："是啊！不过，老实说，我会想你们的。"

布兰登说："肯尼博士，我也会想念你的孩子们的，是他们帮我在五年级时学会了乘法表！"达蒙也说："我也是！"德斯蒂妮笑着说："我也是！"贾丝明也说道："瑞秋总是会让我们读书，艾维的数学太厉害了，还有查娃，她去年夏天一直在帮我辅导SAT考试。"

那天晚上聚会快结束的时候，卡里姆靠近我。我很喜欢卡里姆，他是我见过的最可爱、最善良的男孩之一。

卡里姆对我说："肯尼博士，我想跟你说声谢谢，谢谢你！如果你没有开办这所学校，我会和其他孩子一样在街上闲逛。如果没有你，我根本不可能去上大学，我根本考不上大学。"

我正准备说："不，你可以的！"但我没说出来。卡里姆再也不是那个九岁的小孩子了，他已经是个年轻人，即将要独立了，他知道我同意他的说法。

布兰登在一旁听到我们的对话，他说："我也是啊，如果不是这所学校，我也会在街上游荡。"

我控制不住自己了，用手捂住嘴，眼泪止不住地往下流。

没过多久，孩子们就把我团团围住了。女孩们说："肯尼博士，别哭了！看到你哭，我们也想哭了。""对不起，是我没忍住。"我一边说，一边用袖子擦干眼泪，说："我太爱你们了，我会很想念你们的。"

维多利亚说："我们也会想念您的。"

尤金提议说："大家抱一个！"

自从哈莱姆乡村学校办学以来，这是第一次没有让我感到麻烦重重的一个夏天。我们还面临着许多挑战：我们在筹备开办一间新的小学，即将拥有三倍的老师和学生。但我们对创办学校已经轻车熟路了。

那年夏天，哈莱姆乡村学校的孩子们都准备去上大学，我自己的孩子们则从大学回来了。艾维大学毕业了，准备去非洲一个山村里的社区健康组织工作一年；查娃是即将升入大四的英语专业学生了，这个暑假在一家儿童读物出版公司做暑期工；瑞秋即将升入大三，这个暑假在教师学院做儿童心理学方面的实习。我们一家人又聚在市区了。

夏令营里认识的两个朋友，斯蒂夫和罗尼，7月打电话告诉我梅尔老师准备到乡下待两周，我们计划和梅尔老师一起吃晚餐。在去新泽西的路上，大家一路上有说有笑。

我们下车时，看到梅尔老师站在朋友的院子里。他的头发比以前白了，走起路来也比以前慢了，但对我来说，他还是原来那个梅尔老师，84岁高龄的他依然会击打罗尼的手臂、用粗话和我说笑。我们在附近的小饭馆坐下后，突然一起唱起了我们最喜欢的一首营歌。

我尽情享受着坐在梅尔老师面前的每分每秒。13岁那年，梅尔老师对我和我的朋友们说我们可以改变世界，大家都很开心。

大家都在说笑以前营里发生的事，我发现自己根本插不上嘴，但我又怕失去这次和梅尔老师交谈的机会，于是我握了一会儿梅尔老师的手，引起他的注意，我对他说："梅尔老师，我想告诉你，你对我来说太重要了。"

梅尔老师回应说："我太为你自豪了！"一般有人这么说的时候，我都会当作没听到，现在梅尔这么说，我却十分珍爱他说的话。是他教我成为一位领袖，也是他给了我灵感，让我在学校开学第二天对孩子们说："你们主宰自己的人生。"

像梅尔老师这样的大师级教师不仅会给学生传授知识，而且会灌输给学生强烈的求知欲和关怀他人的愿望。

在离开夏令营后的几十年里，梅尔老师依然影响着我的人生。这充分证明一位老师可以带给学生深远的影响，老师可以塑造人生，也可以改变世界。

如何让每一位学生都拥有优秀的老师？

当我十年前开始筹备哈莱姆乡村学校的时候，就不停地有人问我这个问题：你的学校设计是怎样的？从一开始我就拒绝回答这个问题。我那时就认为，学校不是一个可以设计和复制的产品，要想纠正公共教育系统，唯一的方式就是学校要吸引、支持并激励有才能的老师。我现在就是这么做的。我一直想找到这个问题的答案：如何让每一位学生都拥有优秀的老师？

我花了十年时间去寻找这个问题的答案。

在这十年里，国家对于教育的看法有了永久性的改变。人们不再将教育的失败归因于贫穷、家长或特定的课程设置，大家普遍明白了在孩子的教育中，人才——出色的老师才是最重要的因素。因此，大部分关心公共教育的人现在都在问同一个问题：如何才能让我国的每个孩子都拥有优秀的老师？也就是：如何吸引、培养教育人才？

有才干的人可以推动成果、进行创新并克服障碍；一群有才干的人联合起来则可以实现理想，甚至实现最有挑战性的目标。这就是哈莱姆乡村学校的成功之道。我们学校的老师受到创业动力的激励，创造了惊人的成绩。

只要是经营过企业、体育队伍或其他机构的人，无论机构大小，他都会深切体会到拥有一群富有激情、有才干的员工是至关重要的。企业要想做出成绩，唯一的方法就是吸引人才，并将他们组建成一个团队。但在教育界，有太多的障碍阻止学校有效地培养教育人才。

三十多年过去了，美国的教育情况依然糟糕。在美国，没有一个城市的公立学校的学生能在阅读和数学基础考试中全部及格，一个也没有！试想一个幼儿园学生，如果她生于贫穷的家庭，她只有8%的可能性考上大学。

情况怎么会变成这样？我们怎样才能让学校成为激发学生学习的集体，将孩子们培养为成熟、独立的思考者，并教会他们胸怀世界、为社会做贡献呢？

造成这种情况的根源就是我们没有尊重老师。

这种由教师工会和政治家们建立的体制只按规定办事，维护不称职的老师，同时造成了官僚作风盛行的工作环境，对于那些兢兢业业的老师来说，这种制度太让他们失望了，于是他们不得不选择在大好年华的时候转行。这些规定不让老师像别的行业人员一样可以为自己负责，并形成了不尊重老师的行业文化。最糟糕的是，这些规定使得老师被当成低等工人来对待：一旦没有问责制，工人们就会机械地完成工作任务。老师们失去了专业人员应该享有的自由和尊重，这逐渐削弱了学校管理中最重要的团队合作。

试想如果丽嘉酒店、谷歌、脸谱网或者任何一所大学建立了一种不让经理行使管理权的制度，经理在聘用、解聘、晋升等方面完全没有决策权，那是多么荒唐啊！和公司经理一样，校长也必须有权对老师的表现进行评估、培养教学团队，换句话说，校长应该有充分的领导权。而相应的，这个学校所在学区应该根据学校的表现——包括考试成绩及其他衡量标准，来评估校长，并让他们对学校的教学成果直接负责。

一些评论家会说，这样的话，校长可能会因为偏袒、徇私而开除一些好老师，这的确是个合理的担忧，应该想办法解决。但有很多方法可以避免或消除这种现象，如盲选员工及家长意见调查、全校审察及其他严格的校长评价措施。更重要的是，这种评论维护了这种错误的体制：不遗余力地保护大人不丢工作却忽略了保护天真的孩子。而且，如果根据学校的教学成果来评价校长、决定校长的去留，大多数校长就会在职权范围内尽量去建立一种积极的文化，支持并留住优秀的老师。

学校一定要采纳他人的意见，因为教育本来就是人类事业。就拿我们学校斯蒂夫老师的经历来说，他在来到哈莱姆乡村学校之前，在一所公立学校工作了几年。来到我们学校的第一年，他对包括学生行为和教学设计等各个方面都很吃力，他偷偷告诉我他知道自己的表现"充其量只是平庸"。山姆校长看到斯蒂夫的表现，觉得他是个聪明、有能力、努力的人，而且斯蒂夫还非常认同我们学校问责制的办学准则。在山姆看来，斯蒂夫有潜力在教学上实现重大改进，所以他叫斯蒂夫一起吃饭，给了他一些实用性的指导，并鼓励他改进教学。斯蒂夫很感谢校长的支持，他说："也许我一辈子都会记得那次交谈，它让我感觉有希望，校长的鼓励和支持让我大吃一惊。

斯蒂夫后来成了学校里教学成绩最突出的老师。他教的八年级学生在州立数学考试中全部得到良好的成绩，而且全部提前一年通过了高中会考。如果校长整天忙着执行政府部门交代的各种事务，他就无法激发斯蒂夫的潜力，斯蒂夫很有可能得到校外专家给的差评，最终沮丧地离开教育行业，美国学校就失去了一名优秀的老师。

正是优秀老师成就了优质学校。来自全国各地的参观者经常来哈莱姆乡村学校参观，他们都对学校的情况感到震惊：我们学校不止有一些优秀教师，整个学校都是充满热情的专业人员，他们的教学水平高，同时快乐地工作着。这些参观者在离开的时候都觉得这是一次非凡的参观经历，他们说这种特别的感觉根本无法用语言来描述，甚至有一些参观者激动地落泪了。这是因为他们在我们学校的老师中看到了卓越——人类精神的力量得到了最充分的发挥。

这些参观者中不乏学校领导，他们总会问：他们怎样才能达到同样的效果，他们总会先问学校的课程设置、教学活动和学生纪律体制，我们总是知无不言，言无不尽，但我们总会提醒他们：是学校老师和文化造就了学校的成绩。因为这些教学方法都是老师们自己选择和开发的，所以很有效果。如果把那些经过他人实践证明是有效的教学方法强加给老师们，让他们没有自主权，那么老师们必然没有实施的动力，也想必会走向失败。

虽然我们的老师有创新的自由，但其实他们的教学方法也不是新方法，他们也参考了其他人的课程设置和研究。我们学校使用的教育思想和方法与美国其他学校都一样，其他学校之所以失败，问题不在于他们不了解这些教育信息，而在于公立学校无法激起老师们的教学热情。正如管理学专家彼得·德鲁克所说"脑力劳动者的生产力完全取决于他们的工作态度"。

我们花了许多年仔细思考一个问题：如何设计我们的学校才能吸引并培养有才能的老师呢？答案实际上就是：建立一种学习、团队合作和自主的工作文化。我们建立了学习的文化，老师们协作对自己的教学进行不断的改进；我们建立了团队文化，老师们相互支持、尊重、欣赏，愉快地相处；我们建立了自主权文化，老师们不仅能表达自己的想法，还能自由地做重要决定，并对结果负责。这种员工与文化的想法听起来人人都知道，但我们建立的文化非常有影响力，老师们都被这种文化吸引，也被它改变了，它使学校的教学成绩不再平庸，学校因此而变得更加优秀。

但这种影响力是不是范围有限呢？重视人才可以大幅改善芝加哥、奥克兰或其他地方的失败的学校体制吗？重视人才又是否可以改变整个美国的公共教育呢？答案是：这种影响力绝对没有范围限制。

只要我们从根本上改变方法，重视人才就可以改变整个美国乃至整个世界的教育。

哈莱姆乡村学校的成功经验和取得的成就都建立在两个条件之上：问责制和自由。这两个条件是学校的精髓所在，虽然它们不能保证一个学校一定成功，但它们绝对是成功的先决条件。为什么这么说呢？因为问责制决定了老师要拥有教学上的自由，而有了自由，老师们对于教学就会充满热情。

我们定下明确的目标放手让他们自己去做。老师们很喜欢这种方式！他们会有许多想法，并选择他们认为最好的想法去执行，这对学生、家长和大多数老师来说都很好，只有那些真正不称职的老师才会失败。

　　最终，我们会看到那些最有智慧的人争相进入教育行业，将这个职业看为一种殊荣。这样的社会现象最终会让老师这一职业回到正确的地位——最崇高的职业。到那时，老师们会在学校里展现自己最好的一面，继而激励学生，让学生在成长中发挥自己最大的潜能。

致 谢
Acknowledgments

在过去的十年里，为了发起、培养并实现哈莱姆乡村学校这一梦想，许多人聚到了一起。有太多人倾注了他们的时间、爱和精力来帮助我们的学生、促进教育公平，我无法对他们一一表达我诚挚的感谢。

首先，我想感谢学校这些才华横溢的老师们：你们是这本书和孩子们的英雄。你们对大家共同的理想充满了激情、动力和使命感，你们每一天都激励着我。

我还特别感谢校长和学校领导的奉献。你们是最棒的！感谢你们的合作与友谊，感谢你们总是以学生和老师的利益为重。

衷心地感谢学校的支持团队。谢谢你们愿意将自己的人生奉献给更伟大的事业。如果没有你们，就不会有这所学校。

感谢我们的学生：你们生来就是伟大的。你们坚强的意志与温柔的心灵让我觉得能与你们教学相长是件多么幸运的事。

感谢学生们美好的家庭成员——父母、祖父母和监护人——谢谢你们的友好与信任。我们都为你们的孩子感到骄傲。

我人生的一大荣幸就是能和哈莱姆乡村学校的董事会共事。这群杰出的人成功而又忙碌，只求能为社会创造不同。谢谢你们付出的劳动。

我想对慷慨的支持者、志愿者和指导者们说：感谢你们的善良，感谢你们使我们能够为哈莱姆的孩子提供优质的教育。

我要向多年来花时间给予我指导的商业领袖及令人信赖的顾问们表达深深的谢意。

我还要向全国从事教育改革的同事们说声谢谢，你们无私的精神帮助了我和其他很多人。这些活动家和教育家每天都在努力坚持这场正义之战，能和这样一群人一起为教育改革运动而努力，我深感荣幸。

在我创作这本书的过程中，我得到了许多人的帮助。

感谢纳森·迈尔沃德，他是第一个建议我写这本书的人，而且坚持我自己独撰。感谢约翰·勒珍德为学校创作了校歌，也给了我本书标题的灵感。

如果没有巴里·维斯精湛的编辑，就没有这本书。谢谢你的耐性和非凡的毅力。

能与哈珀柯林斯出版社才华横溢的编辑霍利斯·韩伯克一起工作，我十分开心。如果没有你那些有价值的见解与有思想的反馈意见，我不可能完成这本书。

感谢哈珀柯林斯出版社的布莱恩·默里和乔纳森·伯罕姆对这本书的热情与支持。同时也要感谢哈珀柯林斯出版社的柯林·劳瑞、杰米·布里豪斯、凯西·施奈德、利亚·瓦西莱夫斯基、莱斯利·科恩、丽萨·斯托克斯、马克·弗格森、理查德·利乔茵斯、斯蒂芬妮·西拉、蒂娜·安德烈亚迪斯、汤姆·皮汤尼亚克为这本书付出的努力与奉献。

我要特别感谢鲍勃·巴奈特对这本书和编写任务的指导与负责。

还要衷心感谢玛丽·拉比兹敏锐地注意到每个细节并把书里的每

个内容都看得很重要，感谢你在我难过的时候总能逗我开心。

还要感谢安德鲁·曼德尔、阿亚纳·伯德、丹·科尔曼、大卫·布莱克、格蕾斯·麦奎德、乔·布雷内、凯伦·戈特利布、林恩·戈德堡、迈克尔·施纳耶森、罗伯特·戈德斯坦、坦雅·麦金农和每一位阅读本书原稿并提供意见的人。

培养一个孩子需要费很多心思，而我幸运地得到了家人与众多朋友的大力支持。谢谢我的父母李恩和蕾妮、我的妹妹艾丽莎和她的家人查克、杰西卡和本；感谢肯尼家族的人，鲍勃、雪莉、大卫、丹尼尔、乔恩、萨拉和曼迪；感谢这个大家庭里的每位亲戚，谢谢你们无条件的爱。

还有我的三个孩子：艾维、查娃和瑞秋，在这本书的创作过程中一直陪伴着我，无论发生什么事，都在我身边。你们让我感到骄傲、快乐，我是世界上最幸福的母亲。

最后，感谢那些为了孩子们默默无闻、努力工作的老师和人们。请接受我谦卑的感激。

《从优秀教师到卓越教师：极具影响力的日常教学策略》

作 者：（美）安奈特·布鲁肖

托德·威特克尔

ISBN：978-7-5153-1237-8

开 本：16

页 码：336

定 价：33.80元

★ 入选浙江省教师节用书
★ 入选中小学教师必读图书
★ 入选"新华杯"教师读书征文比赛推荐图书
★ 高效：一天一个简单易学的方法，5分钟就能让你的教学效果"立竿见影"
★ 实用：180天，闲暇之时就能轻松学习新理论、新方法、新智慧
★ 权威：美国最受欢迎的教育家与数千名卓越教师的无私分享，让你获得全新的教学视野
★ 超强影响力：美国教育界公认最好的教师培训项目二十余年的宝贵经验

　　本书是一本覆盖全学年的实用教学指南，一共包含 180 天，几乎覆盖了整个学年的教学时间，每一天为教师提供一个与教学相关的方法、策略或者行动建议，以提高教学的有效性。教师每天只需花几分钟的时间，就能获得新进步、新收获。

　　作为一名教师，由于肩负着众多的责任，所以很容易顾此失彼，看重一些我们本无须看重的东西，忽略一些我们本不该忽略的东西。因此，每一天，我们都需要提醒自己做自己该做的事情。本书将在你教学的每一天为你送上温馨的提醒、善意的建议、周全的行动计划。

《全脑教学：影响全球300万教师的教学指导书》

作　者：（美）克里斯·比弗尔
ISBN：9787515323169
开　本：16
页　码：288
定　价：38.00元

★ 全球规模最大、发展最迅速的教育改革运动

★ 彻底告别填鸭式教学，培养学生的最佳学习力、最强专注力、最惊人记忆力

★ 将脑科学转化为最具操作性的教学方法，全方位激发学生的左右脑，整合学生的听觉、视觉、记忆、情感、理智等，创造性地培养出心智俱佳的"全脑学生"

据教师反馈，全脑教学有着惊人的成效：

★ 学生的不良行为（托腮、趴在桌子上、抱怨、发呆、开小差、离开座位）下降了50%

★ 学生的阅读成绩在三个月内提高了12%，数学成绩提高了28%

★ 学生的综合成绩比普通学生高20%~30%

★ 两年时间内，学生记过处分和停课的数量下降了50%

　　全脑教学是一项源于基层的教育改革运动，被誉为全球发展最为迅速的教育改革运动，它受到了美国以及世界各地30个国家的教师们的推崇！

　　全脑教学提倡：将脑科学转化为最具操作性的教学方法，全方位激发学生的左右脑，整合学生的听觉、视觉、记忆、情感、理智等，创造性地培养出心智俱佳的"全脑学生"。

◇ 风靡全球的"翻转课堂"和"翻转学习"，最早起源于本书的两位作者乔纳森·伯尔曼和亚伦·萨姆斯，他们所任教的美国科罗拉多州落基山的"林地公园"高中被誉为"翻转课堂圣地"，他们在学校长达10余年的对于翻转课堂的实践，已经引起越来越多的人的关注，以至于经常受到邀请向全世界同行介绍这种教学模式

◇ 来自"世界翻转课堂圣地"的成功模式——轻松效仿

◇ 被誉为"翻转课堂先驱"的他们对翻转课堂进行了长达十余年的勇敢尝试——成效显著

◇ 数学和科学卓越教学总统奖得主震撼力作——超强影响力

作者简介：乔纳森·伯格曼，获得过数学和科学卓越教学总统奖（该奖项是美国数学和科学教学领域杰出表现的最高认证），被誉为"翻转课堂先驱"。他和亚伦对翻转课堂进行了长达十余年的勇敢尝试和实践，引起了全世界的关注，世界各地的小学、初中、高中乃至成人教育都纷纷采用这种模式来教授各个学科，并取得了卓越的成效。

　　亚伦·萨姆斯，获得过数学和科学卓越教学总统奖，被誉为"翻转课堂先驱"。他和乔纳森一起为"翻转课堂"这种教学模式的完善和推广做出了巨大的贡献。

入选中国教育新闻网"影响教师的100本书"

翻转课堂与慕课教学：
一场正在到来的教育变革
ISBN：978-7-5153-2823-2
作者：[美]乔纳森·伯格曼，亚伦·萨姆斯
定价：26.00元

翻转学习：如何更好地实践
翻转课堂与慕课教学
ISBN：978-7-5153-3483-7
作者：[美]乔纳森·伯格曼，亚伦·萨姆斯
定价：32.00元

内容简介：《翻转课堂与慕课教学》开始于一个简单的观察：在传统课堂上，学生一直很被动地接受教师的答案。而现在，作者乔纳森·伯格曼和亚伦·萨姆斯尝试了翻转课堂模式，这种模式以学生为中心，鼓励学生为自己的学习负责，并广泛运用于学生的家庭作业、课堂任务、实验和考试等各个方面。

　　通过10余年的勇敢尝试，乔纳森·伯格曼和亚伦·萨姆斯渐渐发现这种模式可以复制到任何一个课堂，也不需要更多金钱的投入。在这本书中，你将知道"翻转课堂"模式究竟是什么，为什么这种模式会有效，如何实施这一模式。

内容简介：本书探讨的是一场比翻转课堂更深入的变革：老师不仅仅考虑翻转自己的课堂，而是更为深入地去翻转整个学习过程——如何最充分地利用与学生面对面的时间，从根本上改变课堂和学校，从而满足每一个学生的需要，真正达到定制化学习体验，实现教育"最有效点"。

　　翻转学习的最大力量正是能够为每一个孩子定制学习。教师可以集中精力改变课堂，使它完全以学生为中心。翻转学习将永远改变教师的教学和与学生互动的方式：学生不仅提高了成绩，而且习得了更加重要的批判性思维和写作技能。教师在课堂上比以往任何时候都兴奋和轻松。